散華

最後の特攻「疾風」戦闘機隊

土方輝彦

元就出版社

勇壮きわまる玉砕散華の特攻魂

――疾風戦闘機隊の記録――

伊藤桂一

戦後六十年の今年は、ことに多くの戦記書が刊行され、また、テレビの対談や、講演会も催されたが、やはり、心に残るのは。身命を賭けて国に殉じた特攻隊の人々の、劇的にして感動深い行動の記録だった。

特攻隊は、レイテ戦にはじまり、沖縄戦をもって終わるが、なかには本書の「散華」〈最後の特攻「疾風《はやて》」戦闘隊〉（土方輝彦・元就出版社刊）のように、きわめてユニークな内容を持った記録もある。この戦記は、冒頭に〈この小著を十勇士の英霊に捧ぐ〉と副題されているように、十名の「疾風戦闘隊員」の勇壮きわまる特攻行動が描かれる。それもソ満国境に於ける、ソ連の大戦車軍団への最後の一瞬まで撃ち込む殲滅戦で、この特攻により、ソ連の越境行動は大頓坐し、軍事的、心理的に合わせて、相当の打撃を与えている。

この戦記作品は、読者の便宜に配慮して、なかなか親切に記述されている。昭和六年九月十八日の柳条講（柳条湖）事件から、昭和二十年八月十九日の満洲国赤峰上空での「疾風戦闘機隊」の特攻散華の記録まで、要点が年代を追って解説され、難解な軍事用語にはすべて註解が付されている。従って特攻隊が特攻に向かう刻々の軍事、歴史、個人的事情も叙されていて、まことに行きとどいて有益な一巻にまとめられている。

満洲建国から満洲国崩壊までの、軍事民事の重要事項も、この本では洩らさず収録され、疾風戦闘隊員たちの個人的事情、人間相互の関係も、細部にわたって説明され、特に、この戦記にのみ現われる、隊員谷藤少尉と新婚の妻恭子が、同乗した機とともに、ソ連戦車団との交戦裡に、壮烈悲愴に戦死する経緯は、従来の戦記にはまったく見られない、異常異色の出来事である。ソ連越境、終戦後の大混乱時の、それも特攻隊の軍事事情故に発生し得た秘話といえよう。この間の推移にも、作者は慎重に、誠意鎮魂の思いをこめて筆を進めている。

鎮魂といえば、日本軍の戦史上に特筆されるべき「疾風戦闘隊」の特攻事蹟が、戦後ようやく顕彰されて、東京世田谷区の観音寺境内に、特攻記念碑が建立され、特攻平和観音として、心ある人々の関心の的となっていることも喜ばしい。祀られている陸軍中尉今田達夫以下、谷藤徹夫を含む十勇士への顕彰会がこの碑を建立している。これらの勇士たちは、愛機を、むざむざとソ連軍に武装解除されることを悦ばず、あくまでも大和魂を貫いたのである。その心意気と潔さは、永遠に忘れがたい。

散華——目次

散　華

——最後の特攻「疾風」戦闘機隊

——この小著を十勇士の英霊に捧ぐ——

序章

太平洋戦争の末期、日本は物量を誇る米軍に圧倒され続け、南方の島々を次々に失っていた。

戦力を補充するために、満州に駐屯する関東軍の精鋭も、その持てる重火器と共に続々と南方に抽出されて行った。

だが、その大半は目的地に到着する前に米潜の魚雷攻撃によって海没した。運良くたどり着いた兵たちも、その後の補給が続かず、飢餓街道を進むはめになった。

一方、日本国内もサイパン島やテニアン島から飛来する米空軍の超大型爆撃機B29の猛爆に連日さらされ、大都市の大半は焼失していた。

政府も、やっとこの頃になって講和を考える者も出始めたが、常に最後の一兵まで戦おうとする強硬論者の意見に押しまくられて、前途に望みなき戦いを継続していた。

それに比べ、満州は比較的に平穏だった。それは日ソ不可侵条約が結んであったので、ソ連の脅威は考えなくてもよかったからである。

満蒙開拓義勇軍として満州に入植した農民たちも、夫は召集されたが、妻子は黙々として農作業に励んでいた。

ところが、昭和二十年八月九日午前零時を期して、ソ連軍の大機甲部隊が一方的に日ソ不可侵条約を踏みにじって、満州の東、北、西部の三方向から国境線を越えて満州領内になだれ込んで来た。

これを迎え撃つべき関東軍の守備隊は、各所で果敢な抵抗を試みたが、小銃や手榴弾では敵の重戦車を阻止することはできず、次々に玉砕してソ連軍の侵入を許してしまった。満蒙開拓義勇軍の婦女子はこの急襲に驚き、逃避行の途中で自決する者、餓死する者、そして病魔に倒れる者が相次いで、総数の約三分の一に当たる十万名が非業の最期を遂げた。

日本も、この期に及んで戦争続行の不可能を悟り、八月十五日正午の玉音放送をもってポツダム宣言の受諾を全国民に知らせ、ここに太平洋戦争は終結した。

ところが、満州占領の野望に燃えるソ連軍は進撃の速度をゆるめない。わが軍偵察機の報告によれば、ソ連軍戦車の砲塔は前方を向いたまま進撃を続けているとのことである。これは彼らに停戦の意志のないことを示している。

大虎山飛行場に駐留していた十機の最新鋭戦闘機である四式戦「疾風《はやて》」の操縦者たちは、今田少尉指揮のもと、腹に二百五十キロ爆弾をかかえたまま、西方より侵入してきたソ連のザバイカル大機甲部隊に体当たり攻撃をかけるべく離陸して行った。

谷藤少尉にいたっては、新婚間もない新妻を操縦席後部に座らせ、ともに散華するつもりである。

あと十五分で戦場に到達する……。

一章

昭和六年九月十八日〔柳条溝〕

昭和三年六月四日午前五時三十分、関東軍の主戦派の一部は満州地方の軍閥の総帥である張作霖の乗る列車を爆破し、彼を爆殺した。

世界は、この暴挙に愕然とした。それもそのはずである。蔣介石、段祺瑞《だんきずい》と共に支那の三大頭目の一人であった張作霖が殺されたのだから……。

帝国陸軍は困惑した。なぜなら、この主戦派の軍人たちを処罰したなら、下手人は帝国陸軍の将校であることが天下に判明し、国軍の信用を失墜してしまうからである。したがって、陸軍はその責任を取らず、事件をうやむやに葬ってしまったのであった。

張作霖の息子、張学良は、父の仇を討つために蔣介石と手を握り、アメリカを味方として徐々に在満の帝国陸軍を中国から駆逐しようとし始めた。当時、これが太平洋戦争の遠因になろうと気が付く者はいなかった。

その時代、日本はまだ農業国であり、狭隘《きょうあい》な国土では八千万の人口を養うに十分な耕地はなく、輸出産業としては女工が紡《つむ》ぐ生糸と家内工業で製造するブリキ製の安物の玩具ぐらいだった。

さらに、昭和初期に始まった世界的な経済恐慌と東北地方の冷害による農作物の凶作がこれに追い討ちをかけた。

長男にしか相続権のなかった当時にあっては、農家の二男、三男などは座して死を待つしか方法がない状態であった。

そこで、軍が考えたのは当時の列強国がやっていたような植民地を持つことであった。まだ統一されていない中国東北部は、彼らの目にはユートピアと映ったとしても不思議ではなかったろう。

しかし、中国東北部（ここで言う満州）には張作霖を頭目とする軍閥がデンと構えており、帝国陸軍にとっては目の上のタンコブになっていたのである。

そこで冒頭に述べた事件が発生したわけだが、日本は世界中から満州侵略の野心を疑われ始めてしまった。


昭和六年九月十八日午後十時、奉天駅付近の柳条溝（柳条湖とも言う）で満鉄線の線路が爆破された。

折から、その地点で警備演習中であった河本中尉の分隊に対して支那の正規兵が射撃を開始したので、河本は直ちに川島中隊長に急報来援を求め、敵を追って北大営に迫り、ここに日支両軍が戦闘状態に突入したのである。

かくして満州事変は勃発し、帝国陸軍は破竹の勢いで支那軍を駆逐して、遂には清朝の廃帝である溥儀《ぷい》を担ぎ出して、満州国という日本の傀儡《かいらい》国を作り、満蒙開拓団という屯田兵の集団を送りだしたのであった。

二章

昭和七年四月〔佳木斯《チャムス》北東　弥栄村《いやさかむら》〕

黄塵を捲き上げて二十輌の軍用トラックがやって来た。

完全武装に身を固めた兵士が五百人ばかり降車した。この土地を追われた支那人の農民が、二十人ほど木蔭に身をひそめて様子をうかがっていた。

兵士たちは班ごとに整列して点呼を受けている。だがよく見ると、兵士の軍服には肩章が付いていなかった。

「アノヘイタイ　ヘンナヘイタイ」

「ケンショウ　ナイ」

農民たちは口々に言い交わしながら、なおも恨みがましく注視し続けていた。

やがて後続のトラックから天幕が降ろされ、食糧や農機具が運ばれてくると、やっと彼らは事態を正確に把握したらしい。

「アイツラ　ココニイスワルキダ」

「オレタチ　オイダシテ　ハタケトッタ」

「アイツラ　オソッテ　コロソウ」

「ミナヲ　アツメテ　ソウダンショウ」

低い声でささやきながら農民たちは姿を消した。


兵士たちは第一次満蒙開拓義勇軍に応募した在郷軍人たちであった。もちろん、正規兵ではないので階級章も軍旗もなかったが、彼らは二年間の兵役を終えた者ばかりだったので規律は整然としており、軍隊に居たときの階級そのままに指揮命令系統もはっきりしていた。

キビキビした動作で天幕の設営を終えた在郷軍人たちは炊事にとりかかった。

「話には聞いていたが、満州は本当に広いな」

「まったくだ。俺は生まれて初めて地平線というものを見た」

「これで、一軒あたり三町歩（約一万坪）の土地をもらえるのだから夢のようだ」

「本当にありがたいこった。日本じゃあ、本家の兄貴だって三段歩（約千坪）の畠を相続しただけだもんな。弟の俺たちの方が豊かな暮らしができるというもんだ」

飯が炊き上がるまで、彼らは目を輝かせて将来の夢を語り合っていた。

食事が終わると、開拓団長である佐藤孝二郎元陸軍軍曹が全員を集めて訓辞を行なった。

「我々は栄《は》えある満蒙開拓義勇軍の第一陣としてこの地に来た。満州を豊かな国にすることは、すなわち我が大日本帝国を豊かにすることにほかならない。この開拓が成功するか否かは一《いっ》に諸氏の双肩にかかっておる。銃をとって戦うのも皇恩に報いる方法ではあるが、鍬をとって農業戦士となるのも、これに劣るものではない。ここは緊褌《きんこん》一番、農地の開墾に精を出してもらいたい。なお、この地を皇国の繁栄を願って「弥栄村《いやさかむら》」と命名する。

関東軍からの情報によれば、この地の治安はあまり良くないようである。農地を取り上げられた農民は土匪《どひ》となり、また紅槍匪《こうそうひ》と呼ばれる馬賊も時々襲来するとのことである。関東軍の分遣隊が当地より二十キロ南方に駐屯しており、定期的に討匪行を行なっているので安心ではあるが、万一ということも想定される。そのときは、各自支給された銃をとり、不肖佐藤の命令に従って勇躍奮戦されんことを期す。終わり」

佐藤団長の訓辞に続いて黒岩副団長の訓辞が始まった。黒岩勲は元陸軍伍長であった。

「只今、団長よりお話のあったことを、よく身に体して行動するように。ただし、支那人全部が土匪なのではない。それはごく一部の者たちで、大部分の現地人は善良な人間である。温情をもって接すれば、必ずそれに応えてくれるものと信ずる。皇国は満州を侵略するものではない。荒蕪地《こうぶち》を開墾し、少しでも満州の農地を拡げて、お役に立とうとするものである。皆は誇りをもって農作業に精を出すように。

なお、手はじめに住居を建設せねばならぬ。内地にあって、大工、左官、屋根葺《ふ》き職人の経験のある者、及び樵《きこり》は前に出よ。それ以外の者は農作業に従事する。以上！」

黒岩副団長の指示に従って、五百名の隊員はそれぞれの任務に散った。

一ヶ月が過ぎ、楊柳が芽を吹き始める頃になると、粗末ながら住居も完成し、農地も整備された。施肥と除草を怠らなければ、秋には豊作を期待できそうだった。


やがて暑い夏が来た。日中は四十度近くになる酷暑も、大陸性気候のために陽が落ちると涼風が吹く。すっかり農業戦士となった彼らは真っ黒に日焼けした顔をほころばせて、佳木斯の酒屋で買ってきた白酒《パイチュ》を飲みながら談笑していた。

「秋になって、収穫が終わったらカアちゃんを呼ぼうと思うんだが……」

「そりゃ良いな。男ばかりじゃ殺風景でいかんわい」

「ここには女ッ気は全然ないもんナ」

「佳木斯に行けば慰安婦もいるらしいが……」

「ばか、あれは軍の御用達《ごようたし》だ。俺たちのような民間人が薄汚れた格好で行ったって相手なんかしてくれないぞ」

「それもそうだ。だけど、俺は毎晩、女の夢を見るぞ」

「だろうな……。もう半年近くも女を抱いていないもんナァ」

「チキショー、ああ、女が欲しい」

そのとたん、銃声がした。

バーン、バーン、バーン! ダ、ダ、ダ、ダ、ダ!

チェコ機銃の軽快な発射音もする。

「ヤッ、襲撃か?」

遠くで集合ラッパが鳴り響いた。男たちはランプを吹き消し、大急ぎで軍服を着て手探りでゲートルを脚に捲きつけた。弾丸を銃に込めると本部前に走った。

佐藤団長は台上に立って、全員の集合を待ち構えていた。

「第一班、五十名集合終わりッ」

「第二班、全員集合」

「第三班、集結完了ッ」

次々に各班の集合が報告された。

「ヨシ、全員集まったな。では状況を説明する。敵は約二百名。斥候の報告によれば、正規軍ではない。服装もマチマチだそうだ。乗馬が一名、おそらくこいつが指揮官だろう。武器は小銃と拳銃。チェコも二梃ほどあるようだ。これに注意せよ。あと一時間もすれば月がでる。それまでは撃つな。攻撃要領は次の通り。

第一班から第四班までは敵の左方から音を立てずに近づき、射程距離（三百メートル）に達したら地物の蔭にひそめ、適当な遮蔽物がなければ伏せておれ。第五班から第八班までは同様にして右方より近づいて待機。第九班と第十班は敵の後方に回り込んで退路を断て。

よいか、月が出て敵が一人一人見えるようになるまで、絶対に発砲してはならぬ。月が出たら突撃ラッパを吹かせるから、第一班から第四班は喊声《かんせい》をあげて突撃して地物に隠れろ。その間、第五班から第八班は援護射撃をして敵の射撃を封ずる。

次は、第一班から第四班が援護射撃をしている間に、第五班から第八班は吶喊《とっかん》する。これを交互に繰り返して敵に近づく。敵から五十メートルに近づいたら着剣して、第一班から第八班まで同時に乱射しながら突撃する。最初から着剣すると月光を反射してしまう。逃げ遅れた敵は刺殺しろ。第九班と第十班は敵が浮き足立つまで発砲するな。敵が後退し始めたら一斉に射撃開始。一兵も逃すな。皆殺しにせよ。一兵でも逃がすと、こちらの戦法が敵に知られてしまう。

第一班長、第五班長、第九班長に射撃開始と突撃の号令を掛けることを命ずる。ヨシ、出発！」

屯田兵の一行は、黙々として命ぜられた地に歩を運んでいった。

戦果は敵兵二十六名射殺。逃げ足が速かったので、殲滅《せんめつ》することはできなかったが、これに懲《こ》りたのだろう。それからは土匪は襲って来なくなった。

次の年になると、家族を呼び寄せる者も増えたし、第二陣、第三陣の開拓団が続々と到着し始めたので、弥栄村の人口は膨れ上がっていった。

三章

昭和十九年四月〔陸軍熊谷飛行学校〕

夏は暑く冬は寒い関東平野北部にあるこの街でも、遅咲きの桜の花が散り始めていた。

陸軍航空発祥の地である所沢と共に、ここ熊谷市も陸軍航空の街として有名であり、街中はカーキ色の軍服であふれていた。

戦況は、はかばかしく行かず、支那大陸では、重慶の奥地に立てこもった蔣介石総統が率いる国府軍を攻めあぐんでいたし、太平洋では圧倒的な物量を誇る米軍に対して、孤島の守備隊は絶望的な抗戦を繰り返し、次々と玉砕を余儀なくされていた。

歩兵の白刃突撃の前には米兵恐るに足らずと豪語していた陸軍首脳部も、遅ればせながら、近代戦の主兵器は航空機であると気が付き始めた。

しかし、気づくのが余りにも遅すぎた。太平洋戦争を全期間にわたって戦い続けてきた一式戦闘機隼《はやぶさ》はすでに旧式機となり、米軍の戦闘機とは太刀打ちできなくなっていた。操縦者の技術低下もさることながら、出力で半分、火力で三分の一では、操縦者を責めるのは酷であろう。

それに、操縦者の消耗（戦死）も予想の十倍、二十倍を超えた。従来の少数精鋭主義や巴戦（空中戦）重視の考えは、米軍の多数機による一撃離脱作戦にあっては歯が立たないことが証明された。

ここに至ってやっと、首脳部は泥縄式に手を打った。二千馬力級の発動機を装備し、二十ミリ機関砲と十三ミリ機銃を備えた四式戦闘機疾風《はやて》の製作を中島航空機製作所に命じたのである。大東亜決戦機と銘打たれたこの機は、初めて時速六百キロを出すことができたが、この機を自由自在に操ることのできる操縦者はもうあまり残っていなかった。

そこで、陸軍は操縦者の大量採用に踏み切ったのである。少年航空兵をはじめ、他兵科から飛行科への転科を認め、大学、高等専門学校卒業の見習士官にまで操縦法を教えることにした。死亡率の高い航空兵には短期進級の恩典を与えた。かくして、飛行科は目を見張るばかりに増員されたが、問題はまだあった。

練習機と教員の数が足りなかったのである。教室や大講堂で多数の学生に教えるのとは異なり、練習機は二座だから、一対一で教えなければならない。急激に膨張した学生数に、各飛行学校は困惑の色を隠せなかった。

その解決策は履修期間の短縮しかない。基礎訓練に六ヶ月を予定していたのを三ヶ月に、そして遂には一ヶ月に短縮してしまったのだ。これで優秀なパイロットが育つとしたら、それこそ奇蹟ではないか。

練習機で単独離着陸ができるようになると、実戦部隊に送り、そこで実戦機による訓練を施してもらったのだ。したがって事故死する者も増えたが、当時の風潮として人命は軽く扱われた。


昭和十九年四月末、今田見習士官は熊谷で三ヶ月の基礎教育を受けたのだが、次の期の練習生の谷藤らからは、基礎訓練が二ヶ月に短縮された。その訓練風景を一瞥してみよう。

飛行学校に入学した彼らの一日は、次のようなものだった。

早朝七時になると、食事を終えた練習生が飛行場に集合した。全国で二千名の航空兵を募集し、十ヶ所の飛行学校に振り分けたので、ここ熊谷陸軍飛行学校にも二百名の練習生がいたのだが、九五式中間練習機は十機しかなかった。一人の教官が二十名の練習生を受け持つことになっていた。一人三十分としても、一日に教官は十時間飛ばなくてはならない。

これは重労働だった。練習機は閉鎖風防のない開放座席だったから、一日の訓練が終わると、教官は座席から立ち上がれなくなるぐらい疲労してしまう。どうしても、午後の飛行にまわされた練習生は、手荒な扱いを受ける破目になった。

練習生たちは飛行場に集合すると、真っ先に搭乗割の書き込んである黒板に見入った。そして自分の名前が午前の部にあると、ホッとしたものだ。

しかし、午後には違う地獄が待っていた。午前中に飛んだ者には午後は座学が課せられるのだ。飛行機の構造、航法、敵味方識別法、射撃法、落下傘降下法、モールス信号実習などが詰め込まれるので、午前中の飛行訓練で精魂を使い果たした彼らは、睡魔と闘うのに必死にならなければならなかったからである。

うっかり居眠りでもしようものなら、強烈な往復ビンタを見舞われる。それればかりではない。居眠り常習犯は機種決定の際に爆撃機の射手にまわされてしまい、憧れの戦闘機操縦者にはなれないので、彼らは必死だった。しまいには目を開けたまま眠る方法を会得した者も出てくるようになった。

「今田見習士官、同乗飛行をお願いします」

今田は後部座席の教官に敬礼した。

「よしっ、搭乗」

教官が答礼した。機付兵の手を借りて主翼によじのぼった今田は、狭い前部座席に身を入れると、落下傘の縛帯を締め、座席ベルトの金具をはめた。

「飛行準備完了」

　伝声管で後部座席の教官に伝える。

「計器に異常ないか」

「異常ありません」

「回転を少し上げて停止線までころがして行け」

「ハッ」

　今田はスロットル・レバーを少し押して回転計に目をやる。千二百回転。機はガタガタと揺れながら動き始めた。

　やがて停止線まで来ると、エンジンを絞って機を停止させた。

「よいか、お前は今日は初飛行だ。教官が模範操縦をして見せるから、操縦桿に軽く手をそえて、フットバーに足を乗せよ」

「はい」

「軽くだぞ、力を入れると墜落だ。今日は感触を覚えれば良い。明日からはお前に操縦してもらうから」

「エッ、明日からでありますか」

「そうだ。ゆっくり教える暇もガソリンもないんじゃ。まず機の首尾線と滑走路を合致させる」

　当時の飛行機は尾輪式だったから、静止状態では胴体は仰角がついていて前方は見えない。

　教官は左右のブレーキを力いっぱい踏みしめると、スロットル・レバーを一杯に押し込んで、フルブーストにした。三百五十馬力のエンジンは咆哮し、機はプロペラ後流が尾翼に当たって尾部が浮き上がったので前方が見えた。

　滑走路の方向より少し左に向いていたので、教官は左ブレーキを少しゆるめると、機はズズ、ズズと首を右に振った。首尾線と滑走路の方向が一致したところでエンジンを絞る。機の尾部がストンと落ちた。

「上空での方向転換はフットバーを踏んで方向舵で行なうが、地上での方向転換はこのように左右のブレーキ操作で行なう」

「はい」

「では離陸するぞ。時速八十キロになったら、軽く操縦桿を手前に引く。速度計を見ながら操縦桿の引き具合を覚えよ」

「はい」

　今田は恐る恐る操縦桿を軽く握って、フットバーに両足を乗せた。

　エンジンが再び咆哮する。ブレーキを踏んでいないので機はグングン加速する。背中が背もたれに押しつけられる。やがて速度計が時速八十キロを指した。

　操縦桿が十センチくらい手前に引かれた途端、機は空中に浮いた。車輪からの震動が消えた。翼端をかすめて格納庫の屋根が後方に吹っ飛んで行く。速度計は時速百二十キロを示している。

「このまま上昇を続ける。高度三百メートルに達したら、エンジンを少し絞って水平飛行に移る。それから左旋回を行なう。現在高度は……」

「ハッ、えーと、えーと、ア、百五十メートルであります」

「ばかもん、遅いッ。計器は常に目の隅に入れておけ！」

「はいっ」

　エンジン音が少し静かになって、操縦桿が元の位置に戻った。チラッと高度計を見る。三百メートルだ。

「左旋回を行なって、第二コースに入る。前後左右を確認せよ」

　今田が複葉の主翼の隙間から左右を見て、後ろを振り向くと、教官がニヤリと笑った。

「もっと肩の力を抜け。操縦桿が重くてかなわん」

　今田は、無意識のうちに操縦桿を握る手に力を入れてしまっていたらしい。練習機は前席と後席の操縦桿、フットバー、ブレーキが連動するようになっている。計器盤も同じものが付いている。今田は力を抜いた。

「現在の磁針は何度か」

「二百七十度であります」

「直角に左旋回をすると、何度で定針すればよいか」

「百八十度であります」と、今田は素早く引き算して答えた。

「左旋回はどのように行なうか」

「左のフットバーを踏み込みます」

「それだけでは機は横滑りしてしまう。操縦桿を左に倒して、機を傾けながら旋回を行なう」

そのとたん、機はグッと左に傾いて機首を左に振りはじめた。地平線の左が三十度くらい上方にせり上がる。

「ウワッ」

今田は計器盤に手をついた。

「変な声を出すな。傾斜計の黒玉の位置を報告せよ」

「真ん中であります」

「よし、常に黒玉が真ん中にあるように旋回する。傾け方が少ないと、遠心力が重力より大きくなって黒玉は右に動く。傾けすぎると、重力が大きすぎて黒玉は左へ動く」

「はい」

「機を傾けて翼面積が減ったから、高度がグングン下がっておるぞ、どうする」

「操縦桿を引いて機首上げをします」

「ばかもんッ、推力を増さずに機首を上げたら、失速して墜落だ。今の回転数は」

「千六百五十回転」

「千八百までスロットルを開け」

機は高度を上げ始めた。三百メートルに達したところで、スロットルを戻して水平飛行にもどる。

「磁針が二百度を指したところで、操縦桿とフットバーを元にもどす。機は惰性でさらに二十度まわる」

「はい」

機は百八十度で定針した。

左旋回をさらに三回繰り返して、滑走路を真正面に見る風下側から、機は飛行場に近づいていった。

「これより着陸動作を行なう。高度は」

「はっ、二百五十メートル」

「よし、エンジンを絞れ」

機は滑空状態で滑走路に近づいていく。

「良いか、地面から三メートルのところで、操縦桿を一杯に手前に引く。早く引きすぎると失速して墜落だ。遅すぎれば機は頭から滑走路に突っ込む。この兼ね合いがむずかしい。よーく、感覚をつかむように」

「はいっ」

緊張して答えながら、（三メートルというと人間二人分の高さだな）と素早く考えた。

（今だ！）と思った瞬間、後部座席の教官が股間に付くくらい操縦桿を引いたのが感じられた。機は着地し、ゴトゴト揺れながら段々と行き足を遅くしていった。止まる寸前に左ブレーキを軽く踏んで機首を左に振り、誘導路に入ると、再びエンジンを少し吹かせて機を練習生の方に転がしていった。

「降機」

後部座席の教官が叫ぶ。今田は降りようとしたが、体が動かない。モジモジしていると、再び教官の声が響いた。

「落ち着け。まず縛帯をはずせ」

今田は口の中がカラカラに乾いてしまっていた。急いで縛帯をはずして、主翼の桁の上に足を掛けて地上に飛び降りたが、膝がガクガクした。

「同乗飛行終了しました」

教官に敬礼する。

「ご苦労。地上でも操縦桿の倒し具合とフットバーの踏み込み方、それにスロットルの開け具合をよく練習しておけ」

教官は短く答礼した。

その時、すでに次の練習生が機側に立って搭乗準備をしていた。

今田見習士官をはじめ、他の二百名の練習生たちは、このようにして操縦を覚え、三ヶ月後には各任地に散って行った。

一ヶ月後、谷藤ら九名も、飛行学校を卒業し、実戦機の訓練を受けるために各地の航空隊に配属された。

後に彼ら十名は共に戦うことになる。

四章

昭和十九年九月〔佳木斯北東　弥栄村〕

昭和七年に第一次入植者である五百名の屯田兵がこの地に来てから十二年の歳月が経っていた。家族を呼び寄せる者が相次ぎ、また第二次、第三次の入植者たちが続々と詰めかけてきたので、人口は急激に増加して二万人を超えていた。

最初に入植した者から肥沃な土地を与えられたから、末期に入植した者たちは文字通り開墾に精を出さなければならなかったが、彼らは黙々と鍬を振るって荒蕪地を耕していった。

拓務省も満蒙開拓団の派遣に力を入れ、茨城県の内原に訓練所を設けて、本格的な義勇軍の訓練に乗り出した。それと同時に急遽、必要に迫られたのが花嫁だった。

開拓女塾が設置され、一年間の教育を受けた娘たちが、写真見合いなどで大陸の花嫁として続々と巣立って行った。

冷害で凶作に悩んでいた東北六県の農家の娘や、壊滅的な打撃を受けた長野県の養蚕業者の娘たちが先を争ってこれに応募した。

女たちの社会進出が遅れていた当時にあっては、これらの娘たちは身売りをして苦界に身を沈めるしか、父母弟妹を救う途はなかったからである。彼女たちは終戦後にソ連兵や土民の襲撃を受け、幼児をかかえたまま自決したり、陵辱《りょうじょく》を受けたり、生き延びるために乳呑児を現地人に托《たく》したり、あるいはまた夫に詫びながら満人の妻になったりして、悲劇的な結末を迎えることになる。

彼女たちを守るべき夫たちは昭和二十年に入ると関東軍の根こそぎ動員によって、ソ満国境の防衛のために徴兵されてしまうから、彼女たちは終戦後は孤立無援で生き延びなければならなかった。全満州で十万人の日本女性と幼児が命を落とした。

北満の秋は早く訪れる。

八月の入道雲の間に高く巻層雲が見えると、もう秋である。ここでは「秋は空からやってくる」のだ。農民たちは巻層雲を認めると、大急ぎで刈り入れを行なう。十月になると降霜があるからだ。

収穫の時を狙って土匪や紅槍匪が襲って来ることがある。土匪の目的は農作物の奪取であり、匪賊の武器もマチマチで統制も良くとれていなかったから、さほど恐れることはなかった。内原で本格的な陸戦訓練を受けた義勇軍の兵士たちが何とか撃退することができたが、それでも時々は貴重な作物を奪われることもあった。

そこで、農作物は各戸で保管するのを止め、弥栄村の中央に頑丈な倉庫を建造して集中管理をし、武装した不寝番を立てて警戒を厳にした。

ところが、紅槍匪の襲撃には手を焼いた。彼らは勇敢であり、昔からの統制のとれた匪賊だったからである。馬賊とも呼ばれ、神出鬼没で獰猛《どうもう》であった。紅槍匪の名前の由来は、槍で突き殺した敵の血を自分の槍の柄に塗る習慣によるものだった。多くの敵を殺したものの槍ほど、赤黒い血が染み込んでいたと言われている。

もっとも、昭和に入ってからの紅槍匪は槍などを使わず、チェコ製の軽機関銃やモーゼル自動銃で武装していたから、義勇軍の三八式手動五連発銃で対抗するには手強い相手だったのである。

どうしても手に負えないときは、二十キロ南方にある関東軍の分遣隊まで足の遅い支那馬に鞭を当てて救援を要請するが、分遣隊の一小隊が重機関銃や擲弾筒《てきだんとう》をトラックに積んで到着する頃には、農作物倉庫や住居に火を放って馬に乗って逃走してしまっていることが多かった。時には開拓民を殺害して、女たちを連れ去り、散々に陵辱した後でなぶり殺しにして、その死骸を弥栄村の入り口に捨てて行くことさえ敢《あ》えてした。

彼らの目的は金品や農作物の奪取ではなく、不法侵入者への追い出しにあったのだから、開拓団にとっては最も始末の悪い相手だった。

分遣隊も業を煮やして討匪行を繰り返すのだが、彼らの逃げ足は速く、捕捉することはできなかった。

どうも、軍隊の出動を紅槍匪に内報する者がいたらしい。日本人に取り上げられた土地を取り戻すのが紅槍匪の最終目的であるとすれば、これに同調する内報者がいても不思議ではなかった。

それに悪路が討匪行に立ちふさがった。山地にさしかかると、皇軍のトラックは立ち往生してしまう。兵隊は重い重機関銃を分解搬送しなければならない。その間に乗馬の紅槍匪は楽に逃げ延びてしまう。

これを叩くには、航空隊の出動を仰がなければならなかったが、航空隊は匪賊討伐のために出動することはなかった。なぜなら、場所がソ・満国境近くであり、万一、軍隊の飛行機がソ連の領空を侵犯することを関東軍が恐れたからである。何しろ、大本営の厳命が静謐確保であったのだから……。

紅槍匪の襲撃を防ぐために、家屋や倉庫の周りに日干し煉瓦で防護壁を築いた。近距離から発砲されると、小銃弾は煉瓦を貫通するので、粘土に小石をたくさん混入させ、太陽光に当てて乾燥させるのである。こうすると、弾丸は煉瓦の中の小石に当たって貫通するのを防ぐことができた。

弥栄村では秋の収穫も無事に終わり、各戸で結婚式がとり行なわれていた。この年はまだ紅槍匪の襲撃もなく、分遣隊からの一個分隊が演習の名目で村に駐屯してくれていた。開拓女塾から二百五十名の花嫁が到着していた。皆、健康そうな笑顔で集会場で一夜を明かし、花婿の到着を待ち構えていた。

村井キミもその一人だった。彼女は吉川清志と結婚することになっていた。長野県出身のキミは、満州に来るときに生まれて初めて海を見た。下関から釜山に渡る関釜連絡船では船酔いに苦しめられたが、米国の潜水艦の見張り役として乗客も交替で甲板に立たされた。ジグザグ運動をする船の舷側に立って潮風に吹かれていると、船酔いも楽になった。

会場では、着々と合同結婚式の準備が整えられていた。

何しろ、二百五十名の男性と同数の女性が、写真だけを頼りに相手を見つけるのだから混乱が予想されたし、万が一、間違った相手と一夜を共にしてしまったら、それこそ取り返しのつかないことになってしまう。

村長も役場の書記もいろいろと智恵をしぼった上で、参加者全員の胸に見合い相手と同じ番号札を付けさせることにした。

男性の胸には一番から二百五十番まで黒い墨で番号を書いた紙が付けられ、女性の胸には朱墨《しゅずみ》で同様の番号が付いていた。

参加者は男性は会場の左半分に、女性は右側に番号順に並んで立っていたが、平静を装いながらも、チラチラと横目で自分の配偶者を観察していた。

開村以来十二年が経過し、村長も何代か変わったが、このときの村長は小川惣吉という小学校の校長を停年退職した人だった。

小川村長は演壇に登ると、一同に向かって挨拶を始めた。

「諸君、本日はまことにおめでとう。自分も今までに何組かの仲人を勤めたことはあったが、このように一挙に二百五十組の仲人をするのは初めての経験である。

時局がら、自由恋愛などという女々しい方法は許されない現況である。昔から『馬には乗ってみよ。人には沿ってみよ』という格言がある。今まで生活環境の異なっていた者同士が一緒に生活を始めるのであるから、最初はとまどうこともあるかと思うが、どうか思いやりの心をもって、お互いを慈《いつく》しみ、立派な家庭を築き上げてもらいたい。

諸君は、農業戦士としてこの地に派遣された者である。その誇りを胸に秘め、皇恩に報い奉るよう、本職は心から祈念するものである。なお、会場の関係から、この場で祝宴を張ることはできないが、各自が自宅に戻ると、隣組の人たちが祝宴の準備をしているはずである。ここでは、本職の立ち会いのもと、正式な婚姻届を行なって、弥栄村の責任において各自の本籍地に婚姻届けを送付する。

只今より、混雑を防ぐために男女各々一番から十番まで前に進み出て、書記の前で本籍地および署名捺印《なついん》を済ますように。それが終了した者から退出してよろしい。

最後に、本職は本日集合された五百名全員の幸福と繁栄を祈るものである。終わり」

一番から十番までの男女二十人が顔を赤らめながらオズオズと前に進み出て、照れくさそうに相手を見た。いつまでも顔を上げない女もいたが、何とか手続きを終えて退出していった。

村井キミも吉川と姓を変え、夫となる清志と共に貧弱な支那馬が曳く馬車に乗って十キロ北方の吉川宅に向かった。

家に着くと、隣組二十軒が総出で野外に祝宴の用意をして待っていた。内地では口にすることも出来ないご馳走が並んでいる。キミは本当にここが王道楽土になると確信した。

キミが一番おいしいと感じたのは、豚肉と韮《にら》のたっぷり入った水餃子《スイギョーザ》だった。

「とてもおいしい。これは何というものですか」

「水餃子と言って、この辺りの食べ物だ」と、清志が答えた。

「キミさん、今夜に備えてニンニクをたくさん入れておいてやったぞ」

白酒《パイチュウ》で顔を火照らせた組長が軽口を叩く。

「よしなさいよ、あんた」

妻が止めるが、キミはポカンとしていた。清志は困った顔をして下を向いていたが、心臓はドキドキと脈打っていた。

五章

昭和十九年十月〔大刀洗飛行場〕

七月に熊谷陸軍飛行学校を卒業して、やっと離着陸を習得した今田は、ここ大刀洗に来て初めて実戦機による猛訓練を施された。

実戦部隊だけあって、燃料も豊富だったし、人数も六十名と少数だったので、午前も午後も充分に飛ぶことができた。

最初のうち困ったのは、一式戦闘機隼は単座なので教官が同乗しないことだった。練習機教程で単独飛行が許されたときは緊張したものの、うるさい教官に怒鳴られることもなく、のんびりと空中散歩を楽しんだものだったが、実戦機になるとそうはいかなかった。速度も断然速いし、フラップ操作、機銃操作、小型爆弾投下、モールス解読と打電、引込脚操作、曲技飛行、増槽落下訓練、地上銃撃、酸素吸入装置の習熟などの、今まで経験しなかった作業が加わるので、彼は必死になって習得していった。

今田の訓練は慣熟飛行から始まった。今まで複葉羽布張りの練習機にしか搭乗したことのない今田にとって、全金属製で単葉、引込脚の一式戦隼は美の極致のように見えた。

初日は地上滑走のみである。計器になれるためと、離陸速度を感じ取る訓練である。機の暖機運転が済むと、スロットルを少し吹かし、誘導路をころがして滑走路に向かう。滑走路の風下側に達したところで、片方のブレーキを踏んで機を風上側に向ける。

次は両方のブレーキを力いっぱい踏みながら、ブースト一杯までエンジンの回転を上げる。尾翼がプロペラ後流で浮き上がって、機が水平になったところで前方が視認できるから、片方のブレーキを少しゆるめ、滑走路と機の首尾線を合致させてエンジンをしぼる。

ここまでは練習機教程と同じだが、出力がまるで違う。気筒数も多いし密閉型風防なので乗り心地がまるで良い。今田はすっかり隼に惚れ込んでしまった。

彼はフラップを下げ、司令塔をチラと見た。白旗が振られている。一度後方を振り向いて着陸機のないのを確認すると、スロットルを全開した。

ズドーンという感じで機は加速していった。司令塔が後方に流れたと思った瞬間、機は浮いた。

（しまった。今日は離陸速度百四十キロでエンジンをしぼる予定だったのに、あっという間に浮いてしまった。降りてからぶん殴られるな……）

大急ぎでエンジンをしぼったが、機はすでに地上五メートルまで浮いてしまっていた。

（落ち着け。着陸操作は練習機と同じはずだ）

今田は操縦桿を股座まで引きつけた。

ゴトン、ゴト、ゴト、ゴト……。

（着地した……）

再び回転数を少し上げて誘導路に入り、駐機場までころがして行ってエンジンを切ると、機付兵がとんで来て主輪に車輪止めのチョークを嚙ませた。

天蓋を開けて地上に降り立った今田は、教官の許に駆け寄って敬礼した。

「今田見習士官、慣熟飛行の地上滑走を終わりました」

「何ィ、地上滑走だと、お前は飛び上がってしまったではないか」

「申し訳ありません。一式戦の性能があまりにも素晴らしいので、気がついたら浮いておりました」

「ウム。だが、お前の着陸は見事だったぞ。バウンドもせず、主輪と尾輪がピタリと着地した。この分なら、明日から飛んでもよろしい」

今田は殴られるどころか、教官から誉め言葉を与えられた。感激した彼は、翌日からは一層集中して訓練を続けた。


教官は南方や支那戦線から帰任したばかりの猛者《もさ》だったから、教え方も手荒かったが、その中には貴重な体験談もあった。

南方で米軍機と戦った教官は、次のように助言した。

——敵機に後方に喰いつかれたら操縦桿を使わず、フットバーを思い切り踏み込んで機を横滑りさせる（通常の旋回では操縦桿を左か右に倒して、機を傾けながらフットバーを踏み込んで旋回する）。

実際に被弾するのは敵機が百メートル以内で発射した場合だが、アメ公は二百メートルくらいから撃ち始める。すると、どうしてもションベン弾丸（下方に放物線を描く）となって命中しない。アイスキャンデー（曳光弾）が見えたら、真っ直ぐ機を横滑りさせるか、ひねり込んで巴戦《ともえせん》に持ち込め。

敵機を追い詰めているときは常に見えない敵（後方に迫っている敵機）に注意せよ。アメ公は二機が組んで交互に我が機を攻撃する。とにかく、一に見張り、二にも見張りだ。一秒でも早く敵を発見すれば、それだけ自分の機を有利な態勢に持っていける。

戦闘機相手の場合は、後上方攻撃が有利だが、爆撃機攻撃は後上方攻撃ではだめだ。敵の後部旋回機銃で撃たれる。一式戦の十三ミリでは爆撃機はなかなか落ちない。パイロットを殺傷するのが一番だ。そのためには敵より高度を高くとり、前方から近づいて背面逆落としの状態で操縦席に十三ミリを叩き込む。

一式戦の速度は敵機より遅い。だから高度は常に充分とっておけ。降下すれば重力が味方してくれるので速度があがる――。

三ヶ月の飛行訓練で、今田は曲技飛行、曳行標的射撃、地上銃撃、長距離進出航法、モールス信号の送受信の訓練に精を出し、立派なパイロットに成長していった。そして十月一日をもって、今田は陸軍少尉に進級し、満州の錦州《チンチョウ》に配属された。

同時期に他の卒業生の転任も行なわれ、六十名の速成パイロットたちは各々、浜松、知覧、錦州へと散って行った。

後になってわかることだが、知覧に赴いた者は特攻隊に編入されたし、浜松に行った者は本土防衛戦で翌昭和二十年二月以降の米軍艦載機との空中戦で全機撃墜され、終戦時に無傷だったのは、南満州に赴いた錦州組だけだった。

戦時の兵士の運命は、転任地の紙切れ一枚で左右されてしまったのである。

六章

昭和十九年十二月〔錦州飛行場《チンチヨウ》〕

錦州飛行場には第二航空軍（羽兵団《はねへいだん》）の独立第十五飛行団の第一〇四飛行戦隊が駐屯していた。

着任挨拶に来た部下の谷藤らに今田少尉は訊《たず》ねた。

「谷藤、お前はどこの飛行学校出身か」

「自分は熊谷飛行学校の出身であります」

「ホウ、奇遇だな。俺もあそこの出身だ。ではずいぶん厳しく鍛えられたろう」

「はい、もの凄く鍛えられましたッ」

「そうか。だが、ここでもさらに鍛えるぞ。何しろ機は最新鋭の四式戦だからな」

「楽しみであります。粉骨砕身、努力いたします」

谷藤は目を輝かせて応えた。

谷藤が退出した後、今田は一人で今後の作戦を考えた。

――本土の爆撃を避ける意味もあったのだろうが、この戦隊には最新式の四式戦闘機疾風《はやて》の三個中隊三十機が配属され、独立飛行第二十五中隊の二式双発複座戦闘機屠龍《とりゅう》の十二機と同居している。太平洋戦線と本土防衛に新鋭機を優先的に配備していたので、満州に所在する我が軍の飛行機は旧式機ばかりである。現在の保有機は四式戦以外は、次のものしかない。

・一式戦闘機　　六十機
・九九式地上襲撃機　十機
・九七式重爆撃機　十機
・九七式軽爆撃機　十機
・一〇〇式重爆撃機　十機
・その他練習機　　六十機

それも、実戦機のほとんどを昭和十九年に南方に抽出されてしまったからなのだが……。

これでは、万一ソ連軍が侵入を始めたら、ソ連空軍の跳梁を阻止することなど夢のまた夢ではないか。

陸軍参謀本部や関東軍司令部は、どのように考えているのであろうか……。このような有様では、第一〇四戦隊の四式戦闘機と第二十五中隊の二式戦闘機は多忙にならざるを得ないな──。

今田は虚空を見つめ、考え込んでしまった。

折からB29の鞍山製鉄所の爆撃が行なわれ、これらの戦闘機隊が迎撃に飛び立ったが、高度一万メートルを高速で飛ぶB29を捕捉することはできず、むなしく帰投した。製鉄所周辺に配備した十センチ高射砲も、高度七千メートルまでしか届かないので、B29は悠々と爆撃して全機、無傷で帰って行った。

この年の十月に海軍の神風特別攻撃隊がレイテ島沖のアメリカ太平洋艦隊に突入して戦果をあげてからは、一億総特攻の気風が全軍にみなぎっていた。

B29の迎撃でむなしく帰投した操縦者たちは、歯噛みして口惜しがった。普段は冷静な谷藤見習士官までが、無線機や機銃を取り払って機を軽くして体当たりをしてはどうか、と言い出した。

司令官は冷静に諭《さと》した。

「お前の気持ちはわかる。しかし、一機が敵の一機を体当たりで落としても、我が方は精鋭の五十五機を失ったら、何も出来なくなるではないか。相手は百機、二百機の単位で押し寄せて来るんだぞ」

司令官の説得に、谷藤は肩を落として頷《うなず》かざるを得なかった。

数日後、上級司令部から、大虎山への避退命令が下った。その意味するところは、すなわち、抵抗不能の戦闘機であるなら、この際B29の迎撃は思い切ってあきらめ、地上で爆破されるのを防ぐために奥地の大虎山飛行場に避退させ、掩体壕に隠しておき、ひとたび敵の戦闘機が出現したら、果敢に空中戦を挑み全機撃墜する、というものだった。

航空隊の地上要員は隠密裡にトラックで大虎山に出発して、滑走路の補修や燃料および弾薬の集積にあたった。

十日後、用意が整った旨の暗号電報を受けた一〇四戦隊の四式戦闘機三十機と、第二十五中隊の二式戦闘機十二機は、二機の一〇〇式司令部偵察機（新司偵）に先導されて錦州飛行場を飛び立ち、大虎山飛行場に向かった。

先行する新司偵の後部座席には、司令官が座り、続行する新司偵の後席には航空参謀が乗っていた。

二時間後、全機は無事、大虎山飛行場に着陸した。機付兵と整備兵は飛行機を掩体壕に隠してから機銃弾をはずし、ガソリンを抜き取った。こうしておけば、万一爆破されても誘爆を防ぐことが出来るからである。

操縦者たちは、当番兵の湧かしたドラム缶風呂に浸って冷えた体を温めた。

先任の今田少尉に続いて、十二月一日付けで谷藤らの操縦者たちは全員が一階級進級した。

北満の冬は寒い。

滑走路には霜柱が立ち、やがてガチガチに凍ってしまう。春には黄砂が舞い、離着陸のときには視認が困難となる。未舗装の滑走路はパイロット泣かせのものだった。

だが、訓練を中止するわけにはいかない。一式戦に慣れていた操縦者たちは、出力が二倍もある高速機に一刻も早く慣れる必要があるからだ。幸いなことに、満州には敵機はあまり襲ってこなかった。

そこで整備兵や機付兵たちは、ローラーを曳いて滑走路を平らにならしてから重油を撒《ま》き、離着陸を可能にした。操縦者たちは連日、空に舞い上がり、模擬空戦に精を出した。特に、高空から背面逆落としになって、敵爆撃機の機銃の死角から、操縦席に射弾を送る訓練に力を入れた。

遅い春が大虎山に訪れる頃になると、どのパイロットも熟練操縦者に成長していた。その頃、日本内地では毎晩のようにB29の焼夷弾攻撃が行なわれ、大都市の大半は灰燼《かいじん》に帰していた。

「内地はだいぶやられているらしい。俺たちはこんな平和な大虎山で、訓練ばかりやっていても良いのだろうか」

「一刻も早く内地に帰って、B29の撃墜をするべきではないだろうか」

このような声が操縦者からあがり始めた頃、谷藤少尉は一通の手紙を受け取った。それは故郷の父親からのものだった。

七章

昭和二十年四月〔大虎山飛行場〕

「前略　元気で軍務に精励していることと拝察する。当方も全員つつがなく過ごしているので安心されたし。

さて、昨日熊谷市在住の山崎猛氏より丁重な書面を頂いた。それによれば、お前と山崎猛氏の長女恭子さんとは将来を誓い合った仲だと聞いていたが、今回正式に身上書が送られてきた。

お前は『戦争が終わったら結婚しよう、飛行機乗りはいつ戦死するかわからない、未亡人をつくるのは忍びないからすぐには結婚しない』と言ったそうだが、先方では早めの結婚を望んでおられる。

今、日本本土は毎日のように空爆があり、一般市民も多数死傷している。決して内地の市民が満州の軍人より安全とは限らない。恭子さんの身上書を拝見したが、自分もこれは良縁だと考える。もし、結婚の意志があるなら、即刻返事をされたし。いつまでも延び延びにさせておくのは先方に対して失礼だ。恭子さんが適齢期を過ぎてしまったら、どう責任をとる気か。

それに、お前は戦死した場合を考えているようだが、お前は谷藤家の唯一の男児だ。娘たちに家を継がせるわけにはいかない。お前が戦死すれば、我が谷藤家は絶えてしまう。戦死の場合を考えるのなら、なおさら早く結婚して後継者をつくっておくべきではないのか。お前に万が一のことがあっても、孫の二人や三人は私が責任をもって育て上げてやる。そうすれば、お前も後顧の憂いなく、ご奉公できるのではないか。

もし承諾であれば、即刻返事されたし。手続きはすべてこちらで行なう。軍人の妻となれば、鉄道や連絡船の切符も優先的に入手が可能だ。

熟慮のうえ、なるべく早く返事されたし。

末筆ながら武運を祈る。

草々

三月吉日　父より

谷藤徹夫殿」


読み終わると、谷藤少尉は瞑目《めいもく》した。

父の気持ちは良くわかる。自分だって、恭子の面影を瞼に浮かべれば、一刻も早く会いたい。だが、ここは戦地だ。家族連れの戦友など一人もいない。妻などを呼び寄せたら、軟弱な奴と思われはしないか。一枚岩の団結を誇る戦闘機隊の士気に、罅《ひび》が入るのではないだろうか。父は速い返事を望んでいる。どうしたら良いだろう。

谷藤はいくら考えても結論が出せなかった。

そこで、思い切って航空隊司令官のところへ父親の手紙を持参して相談した。

司令官は手紙を一読すると、「ウーン」と唸った。

「たしかに、父上の言われるとおり、内地はかなりやられているらしい。その点では満州の方が安全だし、食糧事情も良い。ただ、途中の関釜連絡船が問題だな。時々だが、敵潜に撃沈されているようだ。これが高官の妻なら輸送機に便乗という手もあるが、一少尉の妻ではそれもできまい……。つまるところ、お前の決断次第ということになる。士気については大丈夫だろう。ただし、戦友とも相談してみよ。

後継ぎのことを考えると、ワシは父上のお考えに賛成だが……。ところで谷藤少尉、お前は陸軍士官だ。士官の結婚には陸軍大臣の許可が要るのを知っているか」

「いえ、初耳であります」

「そうか、必要なんだ。今は戦時中だから、あまりうるさいことは言わんだろうが、憲兵が相手の家を調査した上で、許可か不許可が決定する。ところで、お前の許婚《いいなずけ》の父親の職業は何か」

「中等学校の教員であります」

「学校の先生か、それなら大丈夫だ」

「では、結婚して、妻を呼び寄せてもよろしくありますか」

「ワシは構わんよ。さっきも言ったが、戦友とも相談せよ」

「ハッ。有難くありましたッ」

谷藤は直立不動の姿勢で敬礼すると、その足で操縦者控え所に向かった。

「この野郎、うまくやりおって」

「たまには家庭料理を喰わせろよ」

「産めよ、増やせよだぞ」

「俺も結婚したくなった」

戦友たちは口々にはやしながらも、谷藤の結婚に賛成してくれた。

谷藤はその晩、父親に結婚承諾の手紙を書いた。

八章

昭和二十年〔太平洋方面の戦況及び米国の日本本土上陸作戦〕

昭和二十年六月、沖縄を陥落させた米軍は、日本本土上陸を目指して、オリンピック作戦とコロネット作戦を着々と準備していた。この二大作戦は、日本にとって戦慄すべきものであった。簡潔に述べると、次のようなものである。

一、オリンピック作戦

マッカーサー元帥の指揮する十四個師団が昭和二十年十一月一日を期して、九州の三地点（鹿児島県の吹上浜から枕崎にかけての一帯、有明湾、日向灘）に同時上陸する。

上陸作戦援護のために、ニミッツ提督の指揮する太平洋艦隊は、全艦艇および空母搭載機の総力をあげて協力するというものである。

これに対抗すべき皇軍の戦力は、次のようなものであった。

歩兵七個師団[註1]と戦車二個旅団[註2]を第一線に、二個師団と戦車二個連隊[註3]を第二線に、二個師団と戦車一旅団を第三線に配備して、深い縦深陣地を敷いていた。

それらの陸軍兵力に加えて、陸軍特攻隊が一千機と戦闘機四百機が鈴鹿山脈の西側に配備されていた。

一方、かつては世界三大海軍国（米、英、日）の一国と称されていた連合艦隊には、巨大戦艦「大和[註4]」・「武蔵」もすでになく、戦艦一、巡洋艦一、駆逐艦二十二隻が残存するのみであった。航空兵力としては、偵察機百四十機、戦闘機千二十機、攻撃機（艦爆[註5]、艦攻[註6]）三百三十機、特攻機三千七百二十五機を保有していた。

果たして、この戦力で米軍の九州上陸を防ぎ得るだろうか。

兵隊の人数と、飛行機や戦車の数だけで比較してはならない。兵員の戦闘力と携行武器の優劣、飛行機の性能と操縦者の技能、戦車の火力と防御甲板の厚さなどを考慮しなければならないのはもちろんのことである。

実際にはこの作戦は、日本の降伏で実行されることはなかったが、この作戦会議当時の日本の戦力を具体的に見てみよう。

三年有半に亙《わた》る総力戦の結果、訓練を積んだ陸軍の精兵は、ほとんど南方や支那の大陸で戦死してしまっており、本土防衛の任に当たる陸兵の多くは、第二乙種[註7]合格の弱兵と、国民兵と呼ばれる四十五歳までの老兵だったのである。

携行武器に至っては、手動五連発の三八式《さんぱちしき》小銃[註8]が二人に一丁ずつ割り当てられており、銃を持たない兵には手榴弾[註9]二発が与えられていた。

二十連発のM1自動小銃を持つ若い米兵と比較すれば、一人の陸兵の戦闘力は米兵の十分の一といっても過言ではあるまい。

飛行機はどうか。米軍機が二千馬力級の発動機を付け、十三ミリ機銃を一機当たり六梃装備しているのに対して、日本の戦闘機の出力は千馬力前後、機銃は十三ミリ二梃が標準だった。終戦直前になって、二千馬力級の発動機が開発され、二十ミリ機関砲装備機も製作され出したが、時すでに遅くB29による軍需工場の爆撃で、生産機数は微々たるものであった。

飛行機の速度は意外に重要なもので、例えば時速十キロの相違であっても、不利な態勢からでも優速機は有効射程距離から離脱することができるし、逆に有利な態勢からは劣速機をジワジワと追い詰めて射程距離に入れることが可能なのだ。

さらに、米軍機が過給器[註10]を備えていたのに対して日本機にはそれがなく、高度八千メートル以上になると、発動機の馬力が急速に低下した。

残念ながら、日本機にはもう一つ大きな欠陥があった。防御甲板が操縦席の後部になく、ガソリンタンクにも防弾被膜が張ってなかった。小馬力で高速を出すために、少しでも機体を軽くする必要があったのかもしれないが、兵隊は一銭五厘[註11]という人命軽視があったことも否めない。

したがって、被弾すると簡単に火を発したし、操縦者に命中すれば一発の弾丸で死傷した。

では、操縦者の技術はどうだったのか。

日本の操縦者の養成は少数精鋭主義だった。開戦時のパイロットたちは飛行時間二千時間以上のベテラン揃いだったから、面白いように米軍機をバタバタと撃ち落としたのだが、昭和十七年六月のミッドウェイ海戦で四大空母（赤城、加賀、飛龍、蒼龍）を沈められたときに熟練搭乗員の大半を失い、それに続くソロモン沖航空戦で漸次エースが姿を消していった。

陸軍においても同様で、昭和二十年に入ると、飛行時間百時間くらいのパイロットしか残っていなかった。このようなパイロットが空中戦で勝てるわけがない。

悲惨だったのは特攻機のパイロットだった。彼らは練習機で離陸と急降下を習得すると、二十時間の飛行時間で前線に送られた。充分な訓練をする時間とガソリンがなかったのである。

そして二百五十キロ爆弾を腹に抱いてヨタヨタと飛んでいるうちに、敵戦闘機に撃墜される。敵機が練習機に喰いついている間に爆装した高速の実戦機が敵艦に命中する戦法だったから、特攻機の命中率は三パーセントに過ぎなかった。

その上、軍艦は二百五十キロ爆弾が特攻機もろ共命中しても、艦上構造物が破壊されるだけで沈没はしない。これを沈めるには、八百キロの航空魚雷をドテッ腹の同一舷に二、三発命中させなければならない。八百キロの航空魚雷を搭載できるのは、海軍の艦攻と陸軍の重爆しかないのだった。

こうして見ると、陸海軍合わせて四千機以上の特攻隊が出撃しても、魚雷で撃沈できるのは、うまくいっても百隻くらいのものだろう。その間に艦砲射撃と空爆で陣地を猛爆され続けてから米軍が上陸を始めたら、どうやって阻止するつもりなのか。

戦車は対歩兵戦闘には威力を発揮するが、航空攻撃に対しては全く無力である。どんなに装備の厚い戦車でも、二百五十キロ爆弾の直撃を受ければ、木端微塵に吹き飛ばされてしまう。

日本の戦車は道路事情が悪いために鉄道輸送を前提に作られていたから、寸法や重量に制限があった。したがって、日本の戦車は軽戦車と中戦車のみであり、米軍のシャーマン戦車やソ連軍のスターリン重戦車とは砲力においても、防御力においても、とても太刀打ちできるものではなかった。

ちなみに、最もポピュラーな九七式[註12]（チハ型）中戦車の装甲は、車体前面および砲塔前面が二十五ミリであったのに対して、前記の米軍やソ連軍のそれは、何と九十ミリから百二十ミリもあったのである。

砲力においても、日本戦車の主砲が四十七ミリ砲であったのに対して、米軍のそれは七十五ミリ砲で、五百メートルの距離から撃つと、装甲貫徹力は七十ミリから九十ミリであった。

ひとたび戦車戦が始まれば、勝敗の帰趨《きすう》は素人目にも明らかである。では、玄人である陸軍の軍人、特に作戦・戦略の総本山である参謀本部の連中はどう考えていたのだろうか。

昭和十三年の張鼓峰《ちょうこほう》事件と昭和十四年のノモンハン事件で、ソ連軍の近代兵器の攻撃で全滅に近い打撃を蒙《こうむ》った帝国陸軍は、ソ連軍と戦うことを恐れた。

したがって、ソ連とは「日・ソ不可侵条約」（正式には「日・ソ中立条約」）を結び、満州防衛のために満州国に駐留していた関東軍[註13]には静謐確保を厳命し、ソ連を刺激しないようにしていた。

当時、ソ連は西側でドイツ軍と死闘を演じており、東側の日本と二正面作戦は避けたかったから、渡りに船とばかりにこの条約に調印した。

それでも関東軍は、ソ連に日本の強さを誇示する必要を感じたのであろう。昭和十六年七月には七十万人の兵を動員して、関東軍特別大演習（関特演）を行なってソ連を牽制したのであった。

この無敵関東軍も、昭和十九年から二十年にかけて、その九十パーセントに当たる兵力と兵器のほとんどを抽出され、南方戦線に送られてしまった（昭和十九年には十二個師団・昭和二十年には歩兵六個師団と戦車一個師団）。

したがって、昭和二十年春には張子の虎となっていた。残された関東軍はどうしたのか。在満の男子を根こそぎ動員したのである。人数は一応揃ったが、全員[註14]に渡す小銃がなかった。南方に送ってしまっていたからである。そこで、手榴弾と亀甲爆雷で特攻攻撃の訓練をほどこした。

これで、ソ連軍が条約を忠実に守ってくれれば問題はなかったはずであるが、スターリンは昭和十八年十月、モスクワ会談で米国のハル国務長官に、「対独戦終了後は日本と戦う」と語っていたのだ。

お人好しで、諜報を重視しない悪癖を持つ日本人は、昭和二十年七月になってもなおソ連軍を信頼し、日米間の講和をソ連に仲介してもらおうとしていた。

ところが、昭和二十年八月九日午前零時を期して、突如ソ連の大軍（兵員百七十五万人、火砲二万六千門、戦車五千五百輛、飛行機三千五百機）が、三方からソ・満国境を越境して関東軍に襲いかかってきたのである。

迎え撃つ関東軍の兵力は七十五万人（ほとんど武器を持たない錬成途上の兵隊）、火砲一千門、戦車二百輛、飛行機二百機を保有するのみであった。戦力は二十対一にも及ばなかった。

これでは戦えるわけがない。満蒙開拓団[註15]の保護に任ずるどころか、退却戦を行ないながら皇土朝鮮を死守すべく、朝鮮国境近くの通化《トンホワ》まで後退して山岳要塞に立てこもり、長期持久戦を戦うことにしたのである。

満蒙開拓移民団の老人や婦女子は置き去りにされた。二十六万九千人のうち十万人が逃避行の途中で飢餓と悪疫と土民の襲撃に遇《あ》って命を落とした。自決した者も多数いた。

二、コロネット作戦

昭和二十一年三月一日を期して、合計二十五個師団の米軍が相模湾と九十九里浜から同時に上陸し、帝都を急襲、占領することを目的としたものである。

結局は日の目を見ることがなかった米軍のもう一つの作戦だが、実行されていたら、現在の日本は存在しなかったはずである。米軍の兵力は以下のとおりであった。

米国海軍の参戦兵力は、大空母二十六隻、軽空母六十四隻、戦艦二十三隻を主力とする千二百隻の大艦隊であった。航空兵力は、陸海軍両部隊の一万五千機と戦略爆撃隊B29の合計二万機が関東の空を蔽《おお》うはずであった。

それに対して、日本軍には飛行機はもうない。オリンピック作戦で、四千機の特攻機は突入してしまっているからである。

九十九里浜でタコツボ壕にひそんでいる陸兵は、ほとんど全員空爆と艦砲射撃で死亡しているはずである。然る後に二十五個師団の米兵が上陸してきたら、東京などは三日以内で占領されてしまっただろう。

まことに持てる国と持たざる国が長期戦を戦ったらどうなるか——思うにつけ背筋が寒くなる。それでもなお、陸軍の将兵は本土決戦を主張して止まなかった。

註1　師団＝師団一個のみでも戦闘が行なえる戦略単位の一つ。通常は三個連隊より成り、歩兵師団の場合、人員は約一万名。陸軍中将が師団長となる。なお、戦時編成においては兵員数は二倍の二万名となる。
註2　旅団＝師団の半分。二個旅団を併せて一師団とする。旅団長は陸軍少将。

註3　連隊＝三個大隊より成る。兵力は歩兵連隊の場合は三千名。陸軍大佐が連隊長である。

註4　大和＝大戦艦で「武蔵」と姉妹艦。世界で唯一、十八インチ砲（米国、英国の戦艦は十六インチ）九門を装備し、基準排水量は六万八千トン（米国、英国の戦艦は三万五千トン）。

註5　艦爆＝艦上爆撃機。航空母艦から離着艦し、急降下爆撃可能な強度を持つ。単発二座。七・七ミリ機銃二梃（前部に固定）。

註6　艦攻＝艦上攻撃機。航空母艦から離着陸し、魚雷または八百キロ爆弾を携行可能。単発三座。七・七ミリ機銃一梃（後部旋回）。

註7　第二乙種＝徴兵検査では、体格に応じて甲種、乙種、丙種と三段階に分けていたが、兵員の消耗が激しいので、丙種のうちでも兵役に耐え得る者を第二乙種として徴兵した。

註8　三八式小銃＝明治三十八年、日露戦争の時に制式銃として採用された手動五連発銃（口径六・五ミリ）。列国の銃は口径七ないし八ミリだった。昭和十四年に口径七・七ミリの九九式小銃が採用されても、部隊によっては未だに終戦まで三八式小銃を使っていた。

註9　手榴弾＝鋳鉄製の円筒弾体。安全ピンを引き抜き、雷管を固形物に打ち付けると、七秒後に爆発する。接近戦で威力を発揮した。重量五百三十グラムでTNT火薬六十二

グラムが装備されていた。
註10 過給器＝エンジンに空気を押し込む装置。高空では空気が薄いので、過給器がないとエンジン内の混合気に充分な酸素が得られず、出力が低下する。
註11 一銭五厘＝赤紙と呼ばれた召集令状の切手代が一銭五厘だったことから、兵隊は一銭五厘で集まるとされた（太平洋戦争時は三銭）。
註12 九七式中戦車＝十二気筒、空冷百七十馬力。重量十五・八トン。備砲は四十七ミリ戦車砲一門、七・七ミリ車載機関銃二梃、定員四名、最高時速三十八キロ。
註13 関東軍＝山海関の東にあることから、この名前が付いた。満州国をソ連の侵略から守るために置かれた軍隊である。最盛期は七十万人の兵力を有し、無敵関東軍と呼ばれていたが、南方戦況の悪化と共に抽出され、ソ連軍侵略時には兵力は最盛期の十分の一に減っていた。
註14 亀甲爆雷＝平らな形の爆雷に四本の強力な磁石の足が出ており、兵が敵戦車の下に潜って、戦車の装甲の一番薄い腹部に貼り付けてから、信管の紐を引く。七キロと十キロの二種があった。破甲爆雷とも言う。
註15 満蒙開拓団＝昭和七年に第一次満蒙開拓団が結成され、在郷軍人を主とした武装した第一次弥栄村開拓団が北満の佳木斯方面に送られたのをはじめ、昭和の初期の農業恐慌におちいっていた東北地方の農民が次々と移住をはじめ、終戦時には約二十七万人が満州に居住していた。

九章

昭和二十年五月十一日〔首相官邸〕

極秘裏に首相官邸に六名の重臣が集合した。その面々は次の通りである。鈴木貫太郎首相、東郷茂徳外相、阿南惟幾陸相、米内光政海相、梅津美治郎参謀本部長、及川古志郎軍令部長で、いずれも最高戦争指導会議の正式構成員である。

議題は終戦の大問題を議することであった。

時あたかも友邦ドイツが連合国に対して無条件降伏し、太平洋では皇土沖縄が断末魔の戦況を呈しているときである。沖縄が敵手に陥ったなら、米軍の次の目標は日本の本土上陸作戦であることは明白であった。

敵を本土に迎え撃って、最後の一兵まで戦い抜くのか、あるいはこの辺で和平の道を選ぶのかは、この六名の双肩に重くのしかかっていた。

首相・「諸君に本日集合して頂いたのは、他でもない。帝国の現状に鑑《かんが》み、この戦争を飽《あ》くまで遂行するか、それともこの辺で和平の道を探るか、ひとつ忌憚《きたん》のない意見を賜わりたい。なお、本会議は秘密会とするので、速記録は残さないことにする。外相の意見はどうか」

外相・「イタリア、ドイツがすでに降伏してしまった現在、連合国と戦っているのは日本一国のみであります。沖縄戦もはかばかしく進行しておらぬようでありますし、敵の次の目標は本土上陸と考えられます。そうなれば、おそらく連合軍はヨーロッパ戦線の軍隊を上陸軍に加えて来ることが予想されます。この大群を迎え撃って果たして勝算ありや。陸相の意見を承《うけたまわ》りたい」

陸相・「陸軍としては、本土決戦を行なうつもりである。すでに八十万人の兵を動員し、特攻隊も千機、掩体壕に秘匿してある。一人一殺としても、上陸軍に百万人の損害を与えることは可能である。皇国の神州不滅を信じて、最後の一兵まで戦う覚悟である。建軍以来、帝国陸軍には『降伏』の二文字はないッ」

首相・「海相の意見はどうか」

海相・「海軍としては、敵を水際にて阻止することはもはや不可能と考えます。現在、帝国海軍が保有する軍艦は、戦艦長門[註16]一隻、巡洋艦一隻、駆逐艦二十二隻のみでありまず。水上艦艇が航空攻撃に耐え得ないのは、かの不沈戦艦『武蔵』がシブヤン海で、また『大和』が徳之島沖で米軍の航空攻撃で沈められたことを勘案しても明白であります」

陸相・「海軍がそんな弱気になってもらっては困る。そうであれば陸軍単独でも戦い抜いてみせる。まず、水際で上陸軍を完膚なきまでに叩き、上陸した敵は内陸に誘いこんで殲滅するつもりである。幸い、地の利は我にあり。長野県松代に造成中の大本営地下壕も、すでに完成間近である」

首相・「陸軍の考えは解ったが、帝都が戦場となった場合、まことに畏《おそ》れ多いことだが、陛下については陸相はどうお考えか」

陸相・「松代の地下壕には陛下のための玉座を用意してある。それに、もしも陛下が御同意くださるならば、一時満州国に御動座賜わり、関東軍が御警備申し上げれば良いと考える。その場合は、陛下の御座乗機を陸軍の最新鋭戦闘機『疾風』[註17]の全機をもって御護り申し上げるつもりである」

首相・「陛下が国外に御動座遊ばされると、兵や国民の士気に影響するのではないか」

陸相・「もちろん、超極秘裏にこれを行なう」

海相・「御動座には反対である。たとえ最新鋭戦闘機で御警護申し上げても、万一ということもあるし、現在貯蔵しているガソリンは八十七オクタン[註18]の粗悪なものしかない。もしも、海上に不時着という事態になったらどうする気か。それに関東軍の御警備といっても、関東軍の精鋭はほとんど南方に抽出されてしまっていて、今ではろくな兵士もなく、守兵は現地動員の弱兵ばかりと聞いているが……」

外相・「満州は決して安全ではありません。チタ[19]の領事館からの暗号電報によれば、ソ連はドイツ降伏後、西部戦線の兵員と戦車・重火器を続々とシベリア鉄道でソ・満国境方面に移送してきております。準備が整いしだい、ソ連は日本に対して戦端を開くかもしれません」

首相・「しかし、日・ソ不可侵条約は来年四月まで有効なはずではないか」

外相・「外交条約ほど当てにならぬものはありません。現にヒトラーは独・ソ不可侵条約を破って、ソ連に侵入したではありませんか。武力の強弱の前には、外交文書など一片の反故《ほご》にしかすぎません。それに、スターリンの領土的野心はすさまじいものがあります。ヒトラーと結んでポーランドを占領し、その東半分を領有したのは記憶に新しいところであります。ソ連としては何としても不凍港が欲しい。ソ連の軍港は冬季には凍結してしまうので軍艦は動かせません。いうなれば、ソ連海軍は半身不随の状態であります。スターリンは必ず満州に侵攻し、大連港[20]を領有するだろうと断言できます」

首相・「そうなると、四面楚歌ということになるが……」

海相・「そもそも、海軍は日・独・伊の三国同盟には反対した。何となれば、同盟が成立すれば、米英を刺激し、いずれは日米戦争に発展すると考えたからである。米国と戦火を交えれば、英国は当然のことながら米国に加担することは火を見るより明らかであった。米国一国でも手に余るところへ、英国とも同時に戦えるようには我が海軍はできてはおらぬ。昭和十六年の開戦直前に山本連合艦隊司令長官が近衛首相に呼ばれて荻外荘で会談した折に、『半年や一年は存分に暴れて見せますが、それ以後は自信無し』と応えたことは諸君もご存知であろう。山本は米国と戦争して欲しくなかったのだ。百歩譲って、開戦したとしても、早期に講和をしてもらいたかったのだ」

首相・「只今、海相より早期講和の話が出たが、参謀本部[註21]の意見はどうか」

部長・「陸相と考えは同じであります。最後の一兵まで戦うべきと考えます」

首相・「それでは自暴自棄のように聞こえるが、勝算はあるのか」

部長・「上陸軍百万人を殺傷するのは可能と考えます。米国民の性格から考察するに、自国民が百万人も殺傷されれば、日本占領は不可能と考え、厭戦《えんせん》気分が国内に漲《みなぎ》って、先方から講和を申し込んでくると思考します。そのためにも乾坤一擲《けんこんいってき》、敵に大打撃を与える必要があると考えます」

首相・「では軍令部[註22]の意見を承ろうではないか」

部長・「海相が申し上げたのと同意見であります。艦艇が不足し、特攻機も九三中練[註23]を主体とした旧式劣速のものである以上、たいした戦果は望めません。水際で敵を撃退できない以上、本土決戦は避くべきと考えます。敵に本土上陸を許せば、一般市民の損害は膨大なものになりましょうし、すでに大都市の五十パーセントは空襲により焼失しております。
講和をするにしても、あと一戦を交え得る状態で行なった方が有利な条件で結べると考えます。陸相の言われたように、最後の一兵まで戦って敗れ、抵抗力が皆無になってからの講和であれば、どんな無理難題を突き付けられても反論はできません」
陸相・「海軍の腰抜けッ」
首相・「陸相！　言葉を慎みたまえ」
外相・「我が国の現状は、もはや終戦工作を開始すべき時期に来ていると考えます。無為に日を過ごせば、条件付き講和[註24]が不可能になる恐れさえある」
首相・「それでは、ソ連に仲介を依頼するつもりか」
外相・「それ以外にはありますまい。但し、ソ連が対日戦を準備しているとすれば、何かソ連が得をする土産を用意せねばなりません」
首相・「たとえば、どんなものか」
外相・「愚考致しますに、次の七点はいかがかと存じます。
一、南樺太の返還
二、漁業権の放棄

三、津軽海峡の開放
四、内蒙古のソ連権の承認
五、北満の鉄道譲渡
六、大連の租借権の移譲
七、千島列島北部の割譲
以上の七点を差し当たって考えております」

陸相・「冗談言うな。呑めんぞ。そんな条件は絶対呑めん。どれもこれも皇軍の兵士が尊い血を流して獲得した権益ではないか！」

陸相と参謀本部の部長は荒々しく席を蹴って退出してしまった。

その後、六月には沖縄が陥落し、八月六日には広島に、九日には長崎に原子爆弾が投下され、日本は亡国の途をたどり始めた。

昭和二十年八月九日零時を期して、ソ連の大軍が怒濤のごとく、ソ・満国境を突破して満州に侵攻して来たのである。

註16　長門＝陸奥と姉妹艦。大戦艦「大和」と「武蔵」が就役するまでは永らく連合艦隊の旗艦をつとめた。三万九千トン、速力二十五ノット、主砲四十センチ砲八門、副砲十

註17　四センチ砲十四門、高角砲十二・七センチ砲十二門、二十五ミリ機銃二十門、水偵三機。

註18　戦闘機疾風《はやて》＝昭和十九年採用の制式機。二千馬力十三ミリ機銃二梃、二十ミリ機関砲二門、最高時速六百二十四キロ、航続距離一千キロ、爆弾二百五十キロ二個。単座。

註19　オクタン価＝ガソリンの質を表わす数字。オクタン価が高いほど、瞬爆（デトネーションン）を起こしにくく、ノッキングしにくいので、圧縮比を高められる。百オクタンのガソリンをイソオクタンと言う。

註20　チタ＝バイカル湖南方にあるソ連の交通の要衝。日本の領事館があった。

註21　大連港《ダリエン》＝遼東半島にある不凍港。

註22　参謀本部＝陸軍の戦略、作戦を計画する最高機関。これに対して、陸軍省は軍政を司《つかさど》った。

註23　軍令部＝海軍の戦略、作戦を計画する最高機関。これに対して、海軍省は軍政を司った。

註24　九三中練＝昭和九年制式採用の練習機。三百十馬力、最大時速二百十四キロ、七ミリ機銃一梃、爆弾三十キロ二個または十キロ六個、乗員二名。「赤トンボ」として親しまれ、五千五百九十一機生産された。大戦末期には特攻機として一部使用された。

註24　条件付き講和＝ポツダム宣言の無条件講和に対して、日本政府は面子の上からも条件付き講和にこだわった。条件の主なものは天皇制の存続と国体の護持であった。それ

に固執して返答が遅れたために原爆攻撃に遇い、無辜《むこ》の市民を何十万人も殺す破目になった。

十章

昭和二十年八月八日〔ソ満国境守備隊〕

連日の晴天続きで歩くたびに土煙が上がる。

三八式小銃を肩に掛けた一等兵と、銃を持たずに両ポケットを手榴弾でふくらませた二等兵が、何やら話しながら歩いてくる。よく見ると、二等兵の履《は》いているのは軍靴ではなく地下足袋だった。

「古兵殿は何年兵でありますか」

「俺か、俺は関特演で引っ張られたから、四年兵ということになるな」

二等兵は不思議そうに一等兵の顔を見た。

「何だ、その顔は。ハハー、わかったぞ。四年も軍隊の飯を食っていながら、なぜ階級が一等兵なのか……どうだ、そうだろう」

「いえ、決してそのような……。でも、一期の検閲が終われば、一等兵に進級できるのではありませんか」

「うん、普通はそうだ。俺の同年兵は遅い奴らでも上等兵、早い奴は兵長になって威張り散らしておるワイ」

岩井一等兵は自嘲気味に付け加えた。

「俺はナ、中助（中隊長）に睨まれてしまってな。進級停止の上に、原隊からとばされて最前線の守備隊にまわされたんだ」

「どうしてでありますか」

小林二等兵は義憤に耐えぬように訊《たず》ねた。

「お前、本当に知りたいのか」

「もちろんであります。差し支えなければ、でありますが……」

「よし、話してやろう。俺は東亜同文書院を出ているんだ。だから、一期の検閲が終わったときに中助が幹候[註25]を受けろと勧めたのを、俺が断わったんだ」

「それはまた、どうしてでありますか」

「幹候に受かれば、甲種なら士官、乙種なら下士官になるだろうが……」

「はッ、その通りであります」

「おい、小林よ、俺と二人だけのときは、そんなに硬くならんでもよいぞ」

「はい、ありがたくあります。しかし……」

「しかし、何だ」

「われわれ新兵にとっては、四年兵殿は神様のようなものでありますから……」

「フフ、一等兵の神様か。どうだ、訓練はきついか」

「はい、ア、いいえ、立派な兵隊になるよう鍛えていただいております」

「うん、まあここは平穏なようだから、しっかり訓練を受けて強い兵隊になることだな。俺の同年兵の多くは南方に送られる途中で敵潜にやられてな、輸送船もろとも海の藻屑となってしまった。運良く島にたどり着いた奴らも玉砕してしまった。俺は中助に睨まれたおかげで、一等兵ながら未だ生きている。人間は何が幸いするかわからんよ」

「本当にそうでありますなあ。ここはこうやって動哨をやる必要がないくらい静かでありますなぁ」

「日・ソ不可侵条約を結んでいるからな。だが、ドイツが降伏したから、ロスケの奴いつやって来るかわからんぞ」

「おどかしっこなしにしてください、古兵殿」

「アハハハ、お前こわいのか」

「…………」

「じゃ、ほかの話をしてやろう。俺が幹候を受けなかったのは、二年で除隊したかったからさ。士官にでもなってみろ、除隊もできないし、戦闘が始まれば小隊長は軍刀をかざして兵の先頭に立って突撃しなければならなくなる。敵の機関銃座に向かって真っ先に飛び込んで行ったら、どうなると思うか」

「名誉の戦死。金鵄勲章[註26]ものでありましょうなぁ」

「死んで勲章をもらってどうなる。俺は絶対生き抜くんだ」

「………」

「それにな、俺は同文書院出身だから支那語もできるし、支那人の友達もたくさんいる。だから支那兵と戦うのは気が進まんのだ。まぁ、それも中助に睨まれた理由の一つなんだが」

「ロスケ相手だったら、どうでありますか、古兵殿」

「それは話が別だ。奴らが国境を侵犯してきたら、断固追い返すさ」

「それを聞いて安心しました。やはり古兵殿は頼りになります」

小林二等兵はやっと笑みを返した。


ここは北満の東北隅で黒龍江《アムール》をへだててソ連領と接している。鶴崗《ホーカン》から同江《トンチャン》に至る百七十キロの国境線を第四軍麾下《きか》、第七十一師団の第一三五旅団が守っている。ここ同江付近には、そのうち一個大隊（約二千名）のみが配属されていた。参謀本部の静謐確保の命を忠実に守り、国境線の一キロ手前に塹壕を掘り、四キロ毎に監視塔を立て、一人の下士官と二人の兵が双眼鏡《ガンキョウ》で交替で国境を見張っていた。

監視塔に登ると、天候さえ良ければ四キロ先の隣の監視塔が視認できたが、雨の日や春先の黄砂の舞う季節には視認がむずかしくなる。そこで、監視塔間を二人の兵が往復して中間突破されないように動哨として見張っているのである。

兵舎は塹壕からさらに一キロ手前にあった。ハモニカ長屋[註27]と兵隊が自嘲する木造の兵舎では毎日、新兵の猛訓練が続けられていた。

一個旅団といえば、戦時編成だから一万人の兵隊がいたが、そのうちの精兵は一個大隊に過ぎなかった。南方に転出する際に新兵の教育のため、一個大隊約千名の古兵と下士官しか残さなかったからだ。三八式小銃は二人に一銃しか渡らなかったので、残りの九千人は、銃も持たない訓練未了の兵たちだった。これが根こそぎ動員兵である。

銃を持たない兵には演習用の模擬手榴弾（TNT火薬の代わりに砂が詰めてある）が渡され、五十メートル先に置かれた直径三メートルの籠の中に投げ入れさせるのである。

その中でも体格の良い兵には模擬亀甲爆雷が渡され、トタン板張りの大八車の下に潜っては爆雷を大八車の下側に貼り付け、信管の紐を引いては全速力で匍匐《ほふく》前進して七秒以内に伏せる訓練が続けられていた。

兵の肘はすりむけ血がにじんでいたが、古兵は叱咤する。

「いいか、七秒以内にできるだけ戦車（トタン張りの大八車）から離れて、目、耳、口を抑えて伏せろ。モタモタしていると戦車もろとも爆死だ。七秒で十メートル以上、匍匐前進できるようになるまでは、骨が見えても続けるぞ」

また、手榴弾投擲《とうてき》の訓練では、投げるときに信管を叩いて起爆装置を作動させてからすぐ投げずに「一トオ、二トオ、三ッ」と言ってから投げさせていた。信管を作動させてからすぐ投げると、敵に拾われて投げ返される危険があったからである。

「今日は大詔奉戴《ほうたい》日だから、甘味品が支給されますね」

小林二等兵が嬉しそうに言う。

「うん、まだ旅団が南方に転出する前は、毎月八日の夜には演芸会をやったりしていたものだ」

「天佑ヲ保有シ万世一系ノ皇祚ヲフメル大日本帝国天皇ハ明ラカニ忠誠勇武ナル爾臣民ニ告ク……」

小林二等兵が唄うように唱える。

「もういい、止めろ。聞き飽きた。何が忠誠勇武だ。こんな弱兵ばかり寄こしくさって」

「調子に乗りすぎました。止めます」

二人は無口になって、土ぼこりを立てながら黙々と歩き続けていたが、岩井一等兵が不意に立ち止まって耳を澄ませた。

「オイ、小林ッ、何か聞こえないか」

小林二等兵も立ち止まって耳をそばだてる。

「何かゴーッという音がするみたいです」

岩井一等兵は伏せて地面に耳を付けた。

蒼白な顔をして立ち上がると怒鳴った。

「間違いない。戦車がやって来ている。大至急、監視塔に知らせろッ。俺は兵舎に知らせる」

二人の兵隊は二方向に全力で走った。


「敵襲！　敵襲！」

監視塔から一人の兵が駆け戻ってきて叫んだ。

「何ッ、敵襲だとぉ、間違いないか」

「間違いありませんっ。戦車の砲塔には赤い星が見えました」

「よし、すぐ大隊長殿に報告せい」

古兵は立ち上がると、兵舎内を駆けまわって怒鳴った。

「敵襲！　敵襲！　全員完全軍装をして舎前に集合！」

もう一人の古兵は、練兵場に飛び出していった。

「演習止めい、敵襲！　各自兵舎に戻り、完全軍装を整えて、舎前に集合！　急げッ」

新兵たちは、バラバラと兵舎に向かって駆け出した。とたんに兵舎は、はちの巣をつついたような騒ぎになった。泣きべそをかいてウロウロする兵もいたが、古兵に思い切り尻を蹴飛ばされて我に返ったようだった。

報告を受けた歴戦の大隊長は、さすがに落ち着いていた。

「何ッ、戦車が丘陵上に現われただと。何輌だ」

「一輌であります。天蓋を開けて双眼鏡でこちらを視《み》ておりましたッ」

監視塔の兵が息をはずませて答える。

「フム、威力偵察かも知れんな。待っておれ、今、将校斥候を出すから、それまでこちらから手を出してはならぬ。兵にその旨伝えよ」

大隊長は落ち着いた声で命ずると、副官の准尉を呼んで、偵察を命じた。それからやおら電話を取り上げ、佳木斯にある旅団司令部に報告を入れた。

「こちら、今岡大隊の今岡大尉であります。旅団長閣下にご報告申し上げます。只今、監視塔より報告あり、ソ連軍戦車一輌が越境して丘陵上に姿を現わしました。天蓋を開けて、こちらを偵察しているとのことであります」

「よし、お前のところに砲は何門あるか」

「九二式[註28]歩兵砲二門と重機[註29]が八梃であります」

「野砲も山砲もないのか」

「ありません」

「わかった。今回は威力偵察と思うが、近いうちにソ連軍は攻勢をしかけてくるぞ。後備の一個大隊と四一式[註30]山砲八門をトラックに牽引《けんいん》させて急送する。そこまで二百キロくらいだから、明朝までには到着するだろう」

「お言葉を返すようでありますが、九五式[註31]野砲はないのでありますか」

「野砲は全部南方に持って行かれたワイ」

「四一式山砲はベアリングが車軸に入っていませんので、トラックで牽引できません。高速で走行すると車軸が焼損します」

「そうであった。明治四十一年製の砲だから、馬で曳くようになっていたのであったな」

「砲だけでも、トラックに積載してお届け頂けませんか」

「よし、砲八門と砲兵一個小隊をトラックで送る。歩兵一個大隊は徒歩で行かせる。四、五日かかるが良いか」

「止むを得ません。よろしくお願い申し上げます」

しばらくして、偵察に行った准尉が戻ってきて報告を行なった。

「報告、敵戦車一輌は丘陵の向こうに姿を消しました。自分は丘陵まで行って国境方面を双眼鏡で偵察したところ、以下のことが判明いたしましたッ。敵戦車約二百輌、兵員満載のトラック七百輛、物資輸送トラック三百輛、重砲牽引車四百輛が黒龍江沿いのこちら側に越境して、続々集結中であります。以上、報告終わりッ」

大隊長は呆然として聞いていたが、おもむろに口を開いて問い返した。

「数量に間違いはないか」

「間違いありません。後尾は未だ見えませんので、もっと増えると思われます」

大隊長はしばらく考えていたが、再び電話を取り上げると、旅団司令部を呼び出した。

「今岡であります。敵の陣容が判明いたしました。戦車二百輛、火砲四百門、兵員およそ二万名が集結を終わっております。さらに兵員は増員の見込みであります」

「本格的侵攻のようじゃな。戦車が二百輛も来ているなら、歩兵一個大隊じゃあ防ぎきれんじゃろぅ」

「ハッ、我々は玉砕覚悟で敵戦車に体当たり攻撃をかけます」

「待て、あわてるでないぞ。今から一六六七五部隊に連絡して飛行機の出動を要請する」

「有難くあります。本大隊は只今より臨戦態勢をとります」

電話は切れた。

今岡大隊長は、営庭に集合した兵を前に短く訓示を与えた。

「醜敵ソ連は、目下満州に侵入し、我が軍に攻撃をしかけようとしておる。今や皇恩に報いる時が来た。生命を惜しむな、日ごろの猛訓練の通り戦えば勝利は我にある。明朝、山砲と砲兵が救援に到着する。航空隊にも出撃を要請済みである。諸氏は武器、弾薬と二日分の食糧を携行して持ち場の塹壕で待機せよ。かかれッ！」

号令一下、兵は弾、火薬庫に向かって走った。

小銃所有の兵には実弾五十発ずつ、小銃のない兵には手榴弾二発ずつが渡された。最前線の壕に潜む兵には体格に応じて七キロ、または十キロの亀甲爆雷が一個ずつ分配された。彼らは進軍してくる敵戦車の下に跳び込んで点火するのであるから、決死隊、というよりもむしろ特攻隊であった。全員が蒼白な顔をして爆雷を受け取った。

九二式歩兵砲を担当する兵は大急ぎで銃庫に行き、覆いを除《よ》けてから洗矢《あらいや》にスピンドル油を付け、砲筒内の錆止めのグリースを洗い流してから分解搬送して最後部の壕に行き、砲身だけを地上に出して、砲の支持部分を地中に埋めた。敵の砲撃から砲を守るためである。

陣地の配列は、最前線から順に、亀甲爆雷隊、手榴弾隊、小銃隊、歩兵砲隊となっており、明朝到着予定の山砲隊は、さらにその後方に陣取ることになっていた。この配置は着弾距離によって定められたものである。

亀甲爆雷はゼロメートル、手榴弾は五十メートル、小銃は三百メートル、歩兵砲の射程は二千八百メートルであった。

主計兵が大急ぎで用意した特大の握り飯二個、乾麺麭《カンパン》二箱、羊羹二本を雑嚢《ざつのう》に収めると、兵たちは持ち場の壕に潜んだ。

夕方から雨が降り出し、深夜には豪雨となった。岩井一等兵は携帯天幕を頭上に広げたが、壕に流れ込んで来る雨水が嵩《かさ》を増して、腰までずぶ濡れになってしまった。ほまれ[註32]とマッチを取り出し、鉄兜の中に入れてかぶり直した。この豪雨では鉄兜の中しか湿気を防ぐ場所はない。

耳を澄ましていたが、豪雨の音にかき消されて戦車のキャタピラの音は聞こえなかった。そのうちに昼間の疲れが出てきたのか、タコツボ壕の側壁に寄りかかったまま眠り込んでしまった。

註25　幹候＝幹部候補生の略称。甲種と乙種の二種類があり、中学校卒業以上の者には受験資格があった。甲種に合格すれば士官、乙種に合格すれば下士官になることができた。

註26　金鵄勲章＝武勲の顕著な者に与えられる名誉ある勲章。これにも功一級から功七級までの等級があった。

註27　ハモニカ長屋＝木造平屋で細長い兵舎に等間隔のガラス窓がついていたので遠くから観ると、ハモニカの吹き口に似ていたから、兵たちは親しみを込めてこう呼んだ。

註28　九二式歩兵砲＝昭和七年制式採用の砲（大隊砲とも言う）。各歩兵大隊に二門ずつ配備

されていた。口径七十ミリ、最大射程二千八百メートル。

註29　重機＝重機関銃。昭和七年制式採用となった。口径七・七ミリ、重量五十五キロ、三、四人の兵で搬送可能。一個大隊に一個機関銃中隊が所属し、重機八梃を保有した。最大射程は三千メートル。

註30　四一式山砲＝明治四十一年制定の山砲。本文中に出てくるように、馬で牽引する目的だったから、車軸にボールベアリングは入っていなかった。後退復座器は付いていたから、発射後に反動で砲が架台ごと後退してしまうことはなかったが、すでに旧式砲であった。

註31　九五式野砲＝昭和十年制式採用の野砲。口径七十五ミリ、重量千百八十キロ、最大射程一万七百メートル。野砲（または加農《カノン》砲）は水平弾道で、攻城砲として使われた。それに対し山砲（または連隊砲）はやまなりとなり、曲射砲とも呼ばれた。破壊力は野砲に劣るが、山蔭から山越しに弾丸を発射できたので、人員殺傷用の榴弾（敵の頭上で炸裂し、鉄片が四方八方に飛び散る弾丸）の射撃に威力を発揮した。また、分解可能で人力搬送もできたので、道路のない戦場でも使えた。

註32　ほまれ＝兵隊用の安煙草。吸い口を「トン、トン」と卓に叩きつけると、一本の煙草が三分の二くらいにつまった。煙草の屑を集めて紙巻にしたものと思われる。ちなみに士官は「ほまれ」を吸わず、「光」や「櫻《チエリー》」を吸っていた。

十一章

昭和二十年八月八日〔大虎山飛行場〕

「リーン、リーン」

第一六六七五航空部隊司令部の軍用電話がけたたましく鳴った。

「司令官殿、第一三五旅団長閣下であります」と、電話を取り上げた当番兵が、航空隊司令官の村田大佐に告げた。

「はい、司令官の村田であります。……ハッ、よく聴《き》こえております。はい、そうでありますか、とうとうやって来ましたか。はい、さっそく偵察した上で攻撃をいたします。はい、御期待に沿うよう全力でかかります。では失礼いたします」

電話を済ませると、司令官は急いで航空参謀を呼ぶよう命じた。

第一六六七五航空部隊も、御多分に洩れず、保有飛行機の大部分を南方作戦と沖縄特攻に抽出され、爆撃機は昨年十月の台湾沖航空戦で全機撃墜されてしまっていた。

現在の保有機は、一〇〇式[註33]司偵二機、四式戦闘機三十機、二式双発複座[註34]戦闘機十二機しかなかった。

「航空参謀、戦闘機だけでは戦車の攻撃はむずかしかろう」

「そうですな。九七重[註35]や四式重[註36]と言わないまでも、九九双軽[註37]でもあれば戦車を爆破するのはたやすいのですが……、大型爆弾なら至近弾でさえ戦車の二、三輌は引っくり返せますがなぁ」

「たしか、四式戦は二百五十キロの爆装は可能だったと思うが……」

「はい、可能ではありますが、爆装すると後続距離が短くなるので、国境までの往復は無理と考えます」

「すると、片道の特攻と……」

「いえ、特攻は得策とは思われません。特攻の片道攻撃をかけてしまえば、攻撃は一回で終わってしまいます。たとえ四式戦が全機命中したとしても、敵戦車三十輌をつぶすだけです」

「参謀に良策はあるのか」

「良策かどうかわかりませんが、まず司偵二機を飛ばして敵の位置と戦闘車輌数、および支援車輌の位置、進攻方向、進行速度を偵察させてから、当飛行場までの正確な距離を測定させます」

「ウム、定法だな」

「それから搦《から》め手攻撃を行ないます」

「搦め手とは何か」

「はい、戦闘機の機銃弾では戦車の厚い装甲板を射ち抜くことは不可能ですが、支援車輌、特に燃料輸送車の燃料タンクを射ち抜くことはできます。幸い、二式戦も四式戦も二十ミリ機関砲を装備しておりますので、燃料タンクに炸裂弾をぶち込めば一発で、輸送車輌は火ダルマになるでしょう。十三ミリにも通常弾をはずして、曳光弾と焼夷弾だけを詰めさせます」

「なるほど、それは名案だ」

「戦車の航続距離は大体二百五十キロから三百五十キロと思われますので、たとえ攻撃時に戦車に燃料が満載されていても、現在地から三百キロ内外のところで燃料がなくなって動けなくなります。動けない戦車なんて、無用の長物でありましょう」

「名案であるぞ、参謀。明日になれば敵戦車も三百キロくらい、我々に近づくことになる」

「そこで爆装した四式戦を繰り返し出撃させて二百五十キロ爆弾で止《とど》めをさすのであります」

「よし、その手で行こう。さっそく司偵を発進させよ」

二機の一〇〇式司偵は薄暮の中を帰投した。雨で滑走路がぬかるんでいたために、一機は着陸時に横滑りして脚を折ってしまったが、乗員二名は無事だった。他の一機は無事に着陸したが、着陸時に機首上げをしたとたん、ガソリンを使い果たしたのであろう、「パスン」と音がしてエンジンが停止した。

二機とも航続距離の限界まで進出し、決死の偵察を行なったのだ。機付兵がバラバラと駆け出し、雨の中を滑走路の端から司偵を指揮所前まで押してきた。

二機の偵察員の報告を総合すると、ソ連軍は東、北、西の三方向から大兵力で進攻を準備していることが判明した。一両日中に作戦が発動される模様であった。

整備兵は徹夜で飛行機の整備を行ない、十三ミリ機銃の弾帯から通常弾を抜き去り、焼夷弾に詰め替えた。二十ミリも十三ミリも五発ごとに曳光弾が入っている。空中戦で撃ち合うときに弾丸の痕跡が見えないと、修正のしようがないからだ。

翌朝あるかもしれない攻撃に備えて、戦闘機の操縦者は早めに就寝した。

第一三五旅団長の依頼と進出距離との関係から、三十機の疾風戦闘機は、東部から進攻するであろう敵の燃料輸送車を炎上させることに決した。残弾があれば兵員輸送車を掃射して、全弾残らず撃ち尽くしてから帰投する予定であったが、敵が攻撃を開始しないうちにこちらから戦端を開くわけにはいかない。何しろ、大本営の厳命が〝静謐保持〟であるのだから。

そこで翌朝、健在な唯一機の一〇〇司偵が東部戦線に向かって再度偵察に飛び立った。

十二機の二式戦屠龍も攻撃に参加する予定である。

二時間後、司偵から無電が入った。

「ソ連軍攻撃開始セリ、第一線陣地ハ玉砕セリ、戦車ハ南西ニ向カウ、時速三十キロ、現在地ハ大虎山東北七百キロナリ、コレヨリ帰投ス」

飛行場はにわかに忙しくなったが、準備はすでに完了していたので混乱はなかった。

整備員や機付兵、地上勤務者が滑走路わきに一列に整列して「帽振レ」[註38]する中を航続距離の長い双発複座の二式戦屠龍がスルスルと滑り出し、離陸すると上空を旋回しながら、三機ずつの四小隊となって東北の空に消えていった。

続いて増槽[註39]をつけた最新鋭の四式戦疾風が離陸を始め、上空で三機ずつの十小隊の編隊を組むと、優速を利して先行する屠龍の編隊を追って去った。

註33　一〇〇式司偵＝昭和十五年制式採用の司令部偵察機、新司偵の愛称を持つ。千三十馬力二基、七・七ミリ機銃一梃（後方旋回）、最高時速六百四キロ、航続距離二千四百七十キロ、複座。
註34　二式複座戦闘機屠龍＝昭和十七年の制式重戦闘機、軽戦が戦闘機同士の戦闘（空中戦）を目指していたのに対して、重戦は一撃離脱で爆撃機の撃墜を目的とした。千馬力二基、二十ミリ機関砲二門、十三ミリ機銃二梃、最高時速五百四十キロ、航続距離

二千キロ。

註35　九七重＝昭和十二年制式機となった重爆撃機。千四百十馬力二基。七・七ミリ機銃六挺、爆弾千キロ搭載可能、最高時速四百八十六キロ、航続距離二千七百キロ。

註36　四式重＝昭和十九年制式機となった。千九百馬力二基、十三ミリ機銃四挺、二十ミリ機関砲一門、爆弾千キロ搭載可能、最高時速五百三十七キロ、航続距離三千八百キロ、愛称「飛龍」。

註37　九九双軽＝昭和十四年制式機となる。千百三十馬力二基。双軽は双発軽爆撃機の略称。七・七ミリ機銃三挺、爆弾五百キロ搭載可能、最高時速五百五キロ、航続距離二千四百キロ。

註38　帽振レ＝飛行機が離陸するときに健闘を祈って地上で帽子を振った。

註39　増槽＝航続距離を延ばすために胴体下、または主翼下に吊り下げた着脱式の燃料タンク。往路にこの中のガソリンを使い、敵機発見と同時に速度を上げるために増槽を捨てて空中戦を行なう。

十二章

昭和二十年八月九日〔ソ満国境守備隊〕

支那事変の頃までの塹壕は交通壕とも呼ばれて、横一線に掘られ、兵は塹壕内に一列横隊に並んで敵と相対して撃ち合っていたのだが、塹壕内に大砲弾や爆弾が落下して炸裂すると、何十人もの兵が爆風で死傷してしまう。

その教訓を生かして、太平洋戦争（日本では大東亜戦争と呼称していた）末期には一人用の竪穴を掘り、〝タコツボ壕〟と称していた。いわば、線で守るのではなく、無数に点在する点の集合で敵の侵入を防ぐようになっていた。

この布陣の方法は被害を分散させるには有効だったが、命令の伝達に問題があった。砲声が殷々《いんいん》と響き始めると、小隊長や中隊長の命令が聞こえなくなってしまうので、前もって兵に戦い方を教えておく必要があった。

国境守備隊でも、そこは抜かりなく兵に指示してあった。

まず敵戦車が出現したら、四一式山砲が射撃を開始する。――実は、この朝までに山砲八門と砲兵小隊は守備隊陣地に到着していなかった。前夜の豪雨で、トラックが泥濘《でいねい》にはまり込んで動けなくなってしまっていたのだ。

同時に九二式歩兵砲（大隊砲）二門も射撃を始めるが、歩兵砲では戦車の装甲板を貫徹できないので、履帯《キャタピラ》を狙って射撃を続ける。

そして、敵戦車が最前線の亀甲爆雷を持つ兵のタコツボまで進撃したところで、味方の兵に損害を与えないために射撃を中止する。

次は、敵戦車がタコツボの十メートルに達したところで、亀甲爆雷兵が壕から跳び出して敵戦車の腹の下に潜り込んで爆雷を貼り付け、点火してから匍匐《ほふく》で戦車後方に避退し、さらに爆風をよけるために伏せる。戦車砲も車載機銃も俯角は撃てないから、兵は戦車の下に潜ることは可能であった。

小銃隊は戦車に膚接して来る敵の歩兵が三百メートルに近づいたところで射撃を始め、五十メートルに近づくまで射撃を続ける。

次は手榴弾の登場である。小銃隊の猛射で敵兵の数が減ったところで、タコツボから身を乗り出して、敵歩兵の密集しているところへ「一トオ、二トオ、三ッ」と声を出してから手榴弾二発を次々に投げる。

手榴弾隊が投げている間に小銃隊は弾丸を五発込め、着剣して小隊長の後について射撃しながら白刃突撃をして敵兵を刺殺する。

戦法は可なり。但し、敵と味方の兵数が同じであれば、これで撃退できたかもしれない。くどいようだが、もう一度、ソ連軍と日本軍の兵力比を述べておく。

この日、東方からソ・満国境を突破してきたソ連軍はワシレフスキー元帥を総司令官とする、T三四型戦車二百輛、重砲四百門、兵員四万名であった。

対する日本軍守備隊の第一戦陣地の火砲は、九二式大隊砲二門、重機関銃八梃、兵員二千名（うち、小銃を携帯する兵は一千名足らず）。

これで作戦通り、侵入して来るソ連軍を撃退できたら、それこそ奇跡であろう。

八月九日早朝、前夜からの豪雨も上がり、兵隊は腰まで水に浸かりながら壕に潜んでいた。

配給された乾麺麭《カンパン》も水を吸って軟らかくなっていた。おそらくは今日限りの生命と覚悟を決めていたから、彼らの多くは夜明けと共に乾麺麭二箱を平らげてしまっていた。気の早い者は羊羹二本も食べてしまい、ほまれの煙を胸深く吸い込んで、雨上がりの夜明けの爽やかな空気を濡れた肌に感じたまま、観念したように前方を注視していた。

太陽が地平線から顔を出すと、八月の暑熱を感じた。地面には陽炎《かげろう》が立ち始めている。間もなく、遠雷のような轟音が風に乗ってかすかに聞こえてきた。

「いよいよ、来たらしい」

兵隊たちは独り言を呟《つぶや》きながら、兵器の作動を確認し、作戦の順序を頭の中で反芻《はんすう》していた。誰も、もはや生き延びられるとは思っていなかった。自分が死ぬまでに何人の敵兵を殺せるかを考えていた。

父母、兄弟、姉妹、妻子のことは昨夜、壕内で考えていたが、事ここに至っては、それも頭から去っていた。

二千名の四千の眼が前方一キロの丘陵に注がれているとき、一輌の戦車が丘陵上に現われ、二輌、三輌、四輌と次々に姿を見せて一列に並んだまま静止した。十キロの正面に二百輌の重戦車が横隊で並ぶと、五十メートルごとに戦車が位置することになり、黒い壁が一キロ先に突如、築かれた気がする。

　大隊砲二門を指揮する曹長が射手に告げた。

「いいか、距離は一キロ、仰角ゼロで撃つんだ。最初に丘に登って来たのが指揮車輌と思うから、真っ先にあいつを狙え。車体を狙ってはいかん、履帯を狙うんだ。良いか」

「はっ、指揮車の履帯を狙います」

　射手の上等兵が答える。

「おい、弾丸は何発ある」

「二百発であります」

　給弾手の一等兵が答える。

「ウム、良いぞ。一門当たり百発あるのだな」

「そうであります」

「よし、百発百中で撃てば、全戦車を撃退できる。弾丸は一ヶ所に置くな。万一、敵の戦車砲が命中したら、全弾が破裂してしまう。散らばして置け」

　T三四型戦車は動かない。おそらく、無線で各戦車と連絡をとって目標を定めているのだろう。長い時間が経ったように思えたが、実際には二、三分だったろう。「グ、グ、グ」

と音がして戦車の砲塔が回り始め、やがて止まった。砲身は監視塔に向けられていた。

ダーン、ドカーン、バーン、ドドーン！！

もの凄い爆発音がして、ソ連全戦車の砲が火を噴いた。味方の監視塔は、その一斉射で吹き飛んだ。

曹長が叫んだ。

「よし、撃てぇーッ」

バーン！ バーン！ 味方の大隊砲が火を噴いたが、いずれも近弾だった。戦車の前に土煙を上げたが、それがおさまると、戦車は前と同じところにいる。

「同時に撃ってはいかん。交互に撃て。どちらの砲が遠弾か近弾かわからなくなる。少し仰角をつけい」

バーン！ 遠弾だった。

「もうちょい下！」

曹長が怒鳴る。

バーン！ 今度は砲塔前面に見事に命中して閃光を発したが、敵戦車はビクともしない。

「やはり敵の装甲は厚いな。履帯に当てなければ駄目だっ」

大隊砲の命中が合図だったように、敵の戦車は一斉に丘陵を下って、我が陣地に向かってきた。

「撃てっ、どんどん撃てっ！」

曹長が怒鳴る。給弾手が弾丸を込めるのももどかし気に、射手は狙いをつけては大隊砲の引き鉄《がね》を引く。何発目だったろうか、遂にT三四型戦車の履帯に大隊砲が命中し、履帯は切断された。片方のキャタピラをなくした戦車は、一ヶ所でグルグルと回り始めて進めなくなった。

「やったあ、その調子でどんどん撃ちまくれ！」

曹長は跳び上がって喜んでいる。

その時、大隊一の名射手である岩井一等兵は、タコツボ壕から鉄兜と眼だけを出してグルグルまわる敵戦車との距離を測っていた。彼の三八式小銃の照尺は、朝のうちに三百メートルに調整してあった。

「まだ、少し遠いな」と彼は呟《つぶや》いた。

戦車は砲を撃ちながらどんどん接近してくるが、不整地を走行するために砲身が上下に揺れるので、命中精度はあまり良くない。ほとんどの弾丸は遠弾となり、頭上を飛び越していく。逆に陣地に近づいたために大隊砲の命中率が良くなった。すでに五輌の戦車が擱座してしまっている。

三百メートルくらいに近づいてきた戦車の一輌の履帯に、我が軍の大隊砲が命中し、戦車は回り始め、向こうを向いて停まってしまった。やがて天蓋が開き、ソ連兵が半身を乗り出した。

岩井一等兵は、タコツボから上半身を出して壕のへりに肘をつき、三八式小銃で戦車上のソ連兵に狙いをつけた。もう、撃つことばかり考えていて、自分の体が敵弾にさらされていることなど考えてはいなかった。

（引き鉄は心で引くな、手で引くな、霜夜に木の葉の散る如く）――心で念じながら引き鉄をしぼっていった。

ズドーン！　反動が胸にきたが、手応えがあった。照星越しにソ連兵が戦車の砲塔内に崩れ落ちていくのが一瞬、見えた。

そのとたん、戦車の後部に乗っていたソ連歩兵が、「マンドリン」というあだ名のある円盤状の弾倉のついた六十四連発の自動小銃を腰だめで撃ち始めた。壕の近くに「プッ、プッ、プッ」と弾丸の突き刺さる音がするが、腰だめなので狙いは正確でない。一弾は目の前の小石に当たって、跳弾（リコシエット弾）となり、「ヒュル、ヒュル、ヒュル」と異音を発しながら後方に飛び去っていった。

岩井一等兵は三八式小銃の槓杆《こうかん》を引いて空薬莢を捨て、二発目を薬室に送り込むと、〃マンドリン〃を撃ち続けているソ連歩兵に狙いをつけて引き鉄をしぼった。

命中した。

次々に歩兵を打ち倒し、五発の弾丸を撃ち尽くすと、壕の中に屈《かが》み込んで前盒から弾丸を取り出して銃に装塡《そうてん》した。

壕から顔を出した瞬間、岩井一等兵の目の前が黄色くなり、頭部に衝撃を受けて失神した。

戦車砲弾が岩井の壕の直前で爆発して、弾片が鉄兜に突き刺さったのである。岩井は壕の内にくずおれた。その上に爆発で噴き上げられた土砂が降りかかって、岩井一等兵の姿は壕の中に埋もれた。

敵戦車はグングン接近してくる。亀甲爆弾雷兵が壕から跳び出して戦車の下に潜り込み、爆雷を腹部に貼り付けては点火させてから、全速力で匍匐して退避する。何名かの兵は退避しそこねて、戦車もろとも爆死した。退避に成功した兵も、後続の歩兵のマンドリン自動小銃で伏せているところを射殺された。

七キロ爆雷では、T三四型戦車の底部は破壊できなかったが、十キロ爆雷では擱座させることに成功した。しかし、十キロ爆雷を抱いた兵のほとんどは、退避が遅れて戦車と共に爆死した。たとえ退避に成功しても、後続の敵歩兵に射殺されるのだから同じことではあったのではあるが……。爆雷攻撃で戦車二十輌が擱座した。

手榴弾隊の小林二等兵は、ソ連兵が五十メートルに近づいたときに壕から立ち上がり、教えられた通りに手榴弾を投擲《とうてき》した。四人のソ連兵が倒れたが、小林二等兵もマンドリン自動銃の斉射を胸に受けて、左手に二発目の手榴弾を握りしめたまま絶命した。せめて、絶命前にソ連兵四人を倒したことを知ることができたらよかったのだが……。

大隊砲は二門ともすでに破壊され、指揮をとっていた曹長も、射手の上等兵も、そして給弾兵も戦死した。

敵戦車の残り百七十輌余りは壕を乗り越え、ハモニカ長屋（兵舎）を焼夷弾攻撃で炎上させて、進撃を続けていった。

壕に潜んでいた八百名足らずの小銃隊は、戦車が通り過ぎたあとに壕から這い出して、今岡大隊長を先頭に、壮絶な白刃突撃を四万人の敵歩兵に対して敢行した。負傷して壕の内で苦悶していた兵も、敵歩兵のマンドリン銃で射殺された。こうして全員が壮絶な死を遂げた。

東北ソ・満国境の最前線守備隊二千名は、わずか二時間足らずで潰滅したのであった。

十三章

昭和二十年八月九日〔一六六七五部隊〕

エンジンは快調に唸っている。二式戦闘機屠龍に追いついた四式戦闘機疾風は、スロットルを少し絞って、屠龍の上方五百メートル、後方三百メートルのところで直衛の位置についた。ソ連戦闘機ラボキチン七型、およびヤコブレフ九型の出現に備えたのである。

前述したが、双発複座の屠龍は重戦闘機であるために旋回半径が大きく、戦闘機同士の空中戦には向かない。ただでさえ機数の少ない我が隊の飛行機が撃墜されるようなことがあっては、本来の目的である敵の燃料運搬車輛の破壊、炎上に支障をきたしてしまう。

高度三千メートルで東北方向に飛翔を続けること一時間、屠龍の後部座席にある電信機がカタ、カタ、カタ、カタ、と鳴り始めた。偵察帰途の一〇〇式司偵からのモールス信号であった。

「敵戦車トンチャン（同江）南西七十キロニアリ、チャムス（佳木斯）ニ向カウモヨウ」

「機長、司偵より無電入電、敵戦車の現在地トンチャン南西七十キロ、チャムスに向かう模様とのことであります」

後席の電信員が伝声管で前席の操縦員に告げた。

「よし、航法を頼むぞ。司偵に了解したと伝えよ」

電信員はカタ、カタ、カタ、と電鍵を打ち始めた。

「貴電了解。コレヨリ攻撃ニ向カウ」

発信が終わったところで、屠龍の編隊長機は左右の翼を上下に振って大きくバンクした。直衛の疾風編隊が速度を上げて、屠龍の編隊の横に並んだ。屠龍の電信員は、黒板に白墨で「同江南西七十キロニ目標、攻撃高度三百メートル」と書いて風防越しに示した。

疾風からは「了解」の指先信号が返され、その後、元の直衛位置にもどった。

ソ連空軍の姿は見えないが、燃料は刻一刻と減っていく。低速の屠龍の経済速度に合わせるためには、疾風は後ろ上方をジグザグに飛ばなければならない。それに、単座戦闘機では航法がうまくできないから、どうしても遠距離進攻の場合は複座機に先導してもらわなければならなかった。

同江南西七十キロの地点までは、まだ三百八十キロある。疾風の航続距離は千キロだが、今日は増槽を付けているので千六百キロは飛べるはずだ。離陸以来すでに三百四十キロ飛んだから、片道七百二十キロ、往復で千四百四十キロ。攻撃時間を入れると、ぎりぎりの進出距離である。

数少ない戦闘機だから、自爆や不時着は防がなければならなかった。それにジグザグ飛行で一割くらい飛行距離が増えるわけだから、下手をすると大虎山飛行場までも帰り着けないかもしれない。

疾風の編隊長機はバンクを振ると、列機を横に呼び寄せた。そしてミクスチャーコントロールを指して右に回す仕草をした。ガソリンと空気の混合気の割合を調節して、ガソリンを少なく空気を多く（つまり混合気を薄く）するよう指示した。

列機も、意外に燃料消費が多いことを心配していたのだろう。編隊長の意志をすぐに了解して混合気を薄くした。これでガソリンの消費は少しは減るはずだが、それ以外にも利点のあることがわかった。

　エンジンに供給されるガソリンが減るので馬力が落ち、スピードも目に見えて遅くなった。それで屠龍の速度とほとんど同じとなったので、後ろ上方をジグザグに飛行しないでも、一直線に飛べることになったのだ。編隊長は安心の吐息をついた。

　さらに飛ぶこと一時間十五分、編隊は佳木斯上空を通過した。あと二十分で会敵である。先行する屠龍の編隊長機は、徐々に高度を下げ始めた。疾風もそれに続く。

　ふだんなら、会敵する前にこのあたりで各機が機銃の試射を行なうのだが、今回は行なわなかった。それは敵の台数があまりにも多いので、機銃弾の無駄撃ちは弾丸がもったいないと考えたからである。一輌でも多くの燃料搭載車を炎上させなければならない。それに万一、機銃が故障していても、飛行中は修理不可能なのだから、兵器整備員の腕を信頼することにした。

　戦闘機に積載されている機銃弾数は多くない。二十ミリ機関砲は各銃百発、十三ミリ機銃でも各銃六百発なのだ。一分間に六百発の弾丸を発射できるから、「ダ、ダ、ダ、ダ、ダ、ダ、ダ」と連射していれば、二十ミリ機関砲なら十秒、十三ミリでも一分で全弾撃ち尽くしてしまうことになる。

　今回の攻撃では連射は厳禁、「ダ、ダ」と一輌につき、一、二発の点射を行なうことが出撃前に決められていた。そこで機銃の発射ボタンの横にあるレバーを、「ア・タ・レ」の「タ」の位置に設定した。それぞれ、「ア」は「安全装置」の、「タ」は「単発」の、「レ」は「連発」の頭文字である。

高度三百メートルで水平飛行をしていると、前方に森が見えてきた。同江南西百キロの地点である。司偵の報告が同江南西七十キロで、それから一時間余り飛んだわけだから、戦車の時速を三十キロとしても、そろそろ会敵しても良い頃である。

増槽内のガソリンを消費尽くした疾風は、全機増槽を捨てた。残るは主翼内と胴体内のタンクにあるガソリンのみである。会敵に備えてミクスチャーコントロールも定位置に戻した。増槽を捨てたので、空気抵抗も減り、混合気も適正となった疾風は、またたく間に屠龍を追い越して行った。

追い越しざま、疾風の編隊長は屠龍の編隊長に「先に行くぞ」と身振りで示した。屠龍の編隊長はゲンコツで殴る真似をしたが、その顔は笑っていた。

疾風が低空で森を飛び越すと、前方の平原にソ連軍戦車と、燃料補給の油槽車、兵員輸送・弾薬輸送トラックの大群が目に入った。車列は停止している。戦車の横に油槽トラックが横付けになって、燃料を補給している最中であったのだ。歩兵も大休止をとって、トラックの傍《そば》で昼食をとっている。

疾風の編隊長の今田少尉は、小刻みで切れの良いバンクをして、列機に攻撃を命じた。

「待ってました」とばかりに列機は編隊を解き、超低空に舞い降りて油槽トラックに単機となって銃撃を加え始めた。

「ダ、ダ」「ダ、ダ、ダ」「ダ、ダ」

重苦しい二十ミリ機関砲の発射音が響くたびに、ソ連軍油槽トラックは猛火災に包まれていった。この機関砲には炸裂弾（弾丸の中に火薬が詰まっていて、命中と同時に爆発する）が装備されているので、一発でも命中すると、油槽トラックは燃料に引火して爆発するのだ。

戦車に燃料を補給中であったから、油槽トラックが爆発すると、火焔は隣に停車している戦車をも舐《な》めつくす。天蓋から火だるまになった戦車兵が跳び出して、地面を転げ回っていたが、やがて動かなくなった。

二分もしないうちに、油槽トラックの全車百輛は燃え尽きた。残弾は二十ミリが数十発だけだが、十三ミリは全弾残っている。

昼食を取っていたソ連兵は、金縛りに遇《あ》ったように、我が戦闘機の攻撃を呆然と見ていたが、第二陣の屠龍戦闘機編隊十二機が戦場に突入してくるのを見て、食べ物を放り出して前方の林に走って逃げ込んで行った。

勇敢な敵兵は、兵器積載トラックに向かって走り、荷台に跳び乗って、シェパーギン十二・七ミリ高射機銃を取り出して荷台の上で組み立てると、果敢に撃ち始めた。超低空を時速六百キロで飛び回る疾風を捉えるのは不可能に近い。

屠龍編隊は油槽トラックが炎上してしまっているのを確認すると、兵員輸送・物資輸送トラック目がけて二十ミリ弾でエンジンを射撃して火を吹かせた。

屠龍がトラック群を射撃している間に、森の手前で上昇反転していた疾風二機にシェパーギン十二・七ミリ弾が命中してしまった。二機の疾風は長い黒煙を噴きながら上昇を続け、高度六百メートルから急降下の姿勢をとって、敵の弾薬車輌目がけて一直線に急降下し、体当たりを敢行した。

戦車砲弾、機銃弾に引火、爆発し、トラックは木端微塵に砕け散った。

列機を撃墜されるのを眼にした今田編隊長の怒りは物凄く、再び超低空に舞い降りると、シェパーギン機銃に向かって、二十ミリの炸裂弾を叩き込んだ。高射機銃は射手もろとも飛散した。

残った十三ミリ機銃の残弾で逃げ遅れた敵歩兵を反復掃射して、地上に死骸の山を築いた。列機もそれにならったので、各機千二百発の十三ミリ機銃二十八機分の弾丸三万三千六百発が地上に残ったソ連兵の上に注がれた。

全弾を撃ち尽くし、燃料の残量がぎりぎりになった疾風戦闘機隊は、屠龍戦闘機隊に合図を送ってから帰途についた。帰りは誘導機がなくても大丈夫である。上空に達すると、再びミクスチャーコントロールをしぼり、混合気を薄くした。

一方、航続距離の長い屠龍戦闘機隊は戦場に残り、撃ちもらしたトラックのタイヤを十三ミリ機銃で撃ちぬき、走行不能とさせた。

進撃してきたソ連軍の油槽車、物資輸送・兵員輸送トラック千輌は、我が戦闘機四十二機の奇襲を受けて全滅した。兵員も一万人以上を殺傷しただろう。残った兵も、食糧の補給がなくなったので餓死するしかあるまい。

帰途、屠龍戦闘機のうち、十三ミリ機銃弾の残っていた何機かは、森の上を立ち木すれすれの超低空飛行により、残弾すべてを森に逃げ込んだソ連兵の上に容赦なく浴びせ、国境守備隊の無念を見事に晴らしたのであった。

十四章

昭和二十年八月九日深夜〔佳木斯《チャムス》へ〕

（苦しい……、俺は生きているのか）

岩井一等兵は重い手足を動かした。ザラ、ザラと砂礫《されき》が崩れ落ちる。目にも鼻にも砂が入っていたが、唾を吐き手鼻をかむと、やっと呼吸が楽になった。

（そうか、生き埋めになっていたんだ）

砂を払いながら壕から立ち上がって、まわりを見回したが何も見えない。

（しまった。目をやられたんだな）

耳を澄ますが何も聞こえない。

（耳もやられたらしい……）

不安になった岩井は戦友の姿を探そうと、匍匐《ほふく》前進で隣のタコツボまで行った。

「オイ、俺は目と耳をやられた。戦況はどうか」

返事はなかった。

（そうだ、おれは耳をやられているのだったな）

岩井は絶望して仰向けにひっくり返った。

（おや、星が見える。ということは、今は夜なのか……）

岩井一等兵は昼間の戦闘のことを思い返してみようとしたが、よく思い出せない。

（たしか、戦車兵一人と歩兵二、三人射殺したはずだが……）

手で鉄兜をさわってみると、脳天のあたりに何かが突き刺さっていた。紐をゆるめて鉄兜を脱いでみると、戦車砲弾の破片らしい鉄片が刺さって、前夜の雨の中で濡れないように鉄兜の中に入れておいたほまれの煙草の袋が二つに裂けていた。

「落ち着け」と呟きながら、岩井は折れた煙草をくわえてマッチを擦《す》った。シュッと音がして火がついた。煙草に火を移して胸一杯吸い込んで「フーッ」と吐き出す。何服か吸うと指が熱くなったので、煙草を捨てた。頭がだんだんはっきりしてきた。

（たしか、マッチを擦ったとき、シュッと音が聞こえたな。耳も大丈夫なのかもしれない）

岩井は耳元で指を鳴らしてみた。

「パチン！」

確かに聞こえた。だが人の気配はない。岩井は立ち上がって隣の壕を見たが、小銃隊の兵はいない。

「おーい、誰かおらぬかぁ」

大声で叫んだが誰も返事をしない。岩井はさらに前方の壕の方に歩いていった。

五十メートルほど歩いていくと、味方の小銃隊の兵が銃剣をつけた三八式小銃を握ったまま倒れていた。

「オイ」と手をかけて揺すってみたが、冷たくなっていた。星明かりに透かしてみると、死骸が累々と横たわっている。岩井は身震いした。

（味方は全滅したらしい。すると、敵はこの前線を通り越して行ってしまったのだろうか……。でも俺はどうして生きているのだろう。……そうか、戦車砲弾の破片を受けて気絶してしまったんだな。そして砂礫で生き埋めになっていたから、敵兵は自分が壕の内にいるのに気が付かなかったに違いない）

岩井一等兵は、やっと自分が置かれている立場を正確に把握した。

（こういう場合はどうしたら良いのだろう）

玉砕する方法は教えられていたが、敵兵もいない戦場に一人とり残されたときにどうすればよいかは、教育されていなかった。でも誰か生きている兵がいるのではないかと思い直して、一人ずつ死骸を揺すって歩いた。生きている者は一人もいなかった。

前方の壕では手榴弾隊が倒れていた。小林二等兵は壕から身を乗り出して死んでいた。胸を自動小銃で射ぬかれていた。左手には二発目の手榴弾をしっかり握りしめていた。

合掌してから、硬直している指を一本一本開かせて、岩井はその手榴弾を取り上げると、自分のポケットに入れた。自決用である。もし、ソ連兵に囲まれたら手榴弾を発火させて、その上に伏せればよい。

そう考えた岩井一等兵は、落ち着きを取り戻した。

（自分が最後の一兵らしい。敵兵も去った以上、ここに停まっていても仕方がない。佳木斯の旅団司令部に、守備隊の玉砕を報告に行こう）

岩井は自分の壕に戻ると、砂礫に埋もれた三八式歩兵銃を掘り出して肩にかつぎ、北斗七星の方角で北極星を探りあてると、南西にむかって黙々と歩き始めた。

二日二晩、歩き続けた。前線から旅団本部までの半分ぐらいまで来た三日目の昼頃、つまり八月十二日のことだった。岩井一等兵は、前方に炊煙の上がっているのを認めた。

（皇軍か、それともソ連軍か）

岩井は注意深く近づいていった。米の炊ける匂いと味噌汁の香りが風に乗ってきた。

（皇軍に間違いない）

岩井は走り出した。腹がグーッと鳴った。この三日間、何も食べていなかったことに思い当たった。

炊飯をしている主計兵は、岩井の足音にギョッとして振り向いた。

岩井は駆け寄って、主計上等兵の前で直立不動の姿勢をとると、挙手の礼をした。

「第一三五旅団、同江守備隊の岩井一等兵であります。旅団本部に報告に行く途中であります」

「ウン、それで何かッ」

「糧秣を少し分けていただきたくあります」

「何ィ、糧秣をわけろだとぉ、俺たちは通化へ移動中だ。他部隊の奴にやる糧秣などないっ」

「自分は重要任務を帯びているのであります」

「そんなら、大隊長殿のところに行け。大隊長殿の許可が出たなら分けてやる」

岩井一等兵は、大隊長の許に行って同じ言葉を繰り返した。赤ら顔の大隊長は、泥まみれになって穴の開いた鉄兜をかぶった岩井を、上から下までジロジロ見て言った。

「同江の国境守備隊は玉砕したと聞いておるぞ。お前はどうして生きているのか」

「自分は戦闘中に戦車砲弾の破片を頭に受け、意識不明になって壕内に倒れていたのであります。気が付いたら、戦闘は終わっておりました」

「何ィ、貴様は戦友が全員戦死したのに、自決もせずに生き延びたのか」

「敵はすでに去っておりました。戦闘の模様を旅団本部に報告すべきと考えました」

「貴様、逃亡兵だな。陸軍刑法では、敵前逃亡兵は裁判なしに銃殺してよいことになっている。自決せい、自決を」

「では、糧秣は分けていただけないのでありますか」

「当たり前だ。逃亡兵に喰わす糧秣などないっ」

岩井一等兵は、ポケットから手榴弾を取り出して安全ピンを歯でくわえて引き抜いた。

「ま、待てっ。貴様ここで手榴弾を爆発させる気か」

「そうであります」

岩井は冷然と、陸軍大尉の襟章をつけた大隊長を見つめた。

「は、早くピンを戻せ。ここで点火されたら俺たちも吹っ飛んでしまう」

「糧秣はいただけるのでありますか」

「やる、やるから早くピンを戻せっ」

岩井一等兵は、やおら安全ピンを手榴弾の点火栓に戻し、「失礼しました」と再び直立不動の姿勢をとると、挙手の礼をして大隊長の許を去った。

彼が烹炊所に戻る前に、この噂は主計兵たちに伝わっていた。

「お前、度胸あるなあ。うちの大隊長殿が腰を抜かしたそうじゃないか」

さきほどの上等兵が感心したように言う。

「俺は本当を言うと、あの威張りくさる大スケが嫌いなんだよ。よくやったぞ一等兵」

主計上等兵は岩井に腹一杯食べさせ、雑嚢に羊羹や牛肉の大和煮の缶詰、米などを一杯詰めてくれた。


岩井はそれからさらに二日歩き続けた。

「ダーン！」

旅団本部のある佳木斯の近くに来たとき、彼は一発の銃声を聞き、本能的に地面に伏せた。

（ソ連軍がもう佳木斯まで来ているのか、でもソ連軍なら銃声一発ということはあるまい。それとも土匪か）

そう考えているときだった。「キャーッ、助けてーっ」と女の悲鳴がした。

岩井がそろそろと頭を上げると、二人の男が一人の女を押さえつけていた。

（確かに日本語だったぞ。してみると、女が日本人で、押さえている二人の男は支那人か）

注意深くあたりを見回したが、その三人以外にはいない。彼は三八式歩兵銃の槓杆《こうかん》を静かに引き、弾丸を薬室に送り込んだ。目測距離八十メートル、照尺を起こして目盛りを百メートルの線に合わせ、伏射の姿勢をとった。三百メートルの距離で全弾を直径三十センチの標的の黒点に撃ち込む名射手にとって、八十メートルは必中距離である。

一人の男は、女を仰向けに寝かせて上半身に覆いかぶさって押さえつけている。もう一人の男は、暴れまわる女の下半身を押さえながら、自分のズボンを下ろした。尻を左右に振って抵抗する女のモンペの紐を解いて引き下げた。

岩井はもっと早く撃つべきだったのだろうが、頭の方と足の方のどちらの男を先に倒すべきか躊躇している間に、事が運んでしまっていた。

頭を押さえている男の頭部に狙いをつけて引き鉄をしぼった。

ズドーン！　轟音の直後に、「プッッ」と弾丸が頭蓋骨を貫通する音が返ってきた。足許にいた男は一瞬、何が起きたのかわからずキョロキョロしていたが、仲間が朱に染まって倒れているのを見ると、やっと事態が飲み込めたらしかった。立ち上がって自分の銃を取ろうとしたが、ズボンが足首にからまるのでヨチヨチとしか歩けない。

岩井は槓杆を引いて二発目を装塡《そうてん》すると、その後姿に狙いをつけて引き鉄をしぼった。

「ズドーン」「プッ」

またもや命中。男はその場に倒れた。女は起き上がり、呆然として倒れた二人の男を見ていたが、岩井が近づいていくと、「キャーッ」と叫んで這ったまま逃げようとする。

「待て」

女はハッと振り返った。

「俺は日本の兵隊だ。安心しろ」

そのとたん、女は「ワーッ」と泣き出した。

「兵隊さん、その銃で私を撃ち殺してください」

「ばか言うな。この弾丸は敵を撃つためで、日本人の同胞を撃つためのものではない」

「でも、でも、私は辱《はずかし》めを受けました。このままでは夫にあわす顔がありません」

「お前は辱めを受けてはおらぬ。犯される寸前に俺が撃ち倒したではないか」

「でも、恥ずかしいところを見られてしまいました」

「そんなこと……、混浴の風呂に入ったと思えばよいではないか。それに見た奴はもう死んでいる。それより、早くモンペを上げんかい」

女はハッとした顔をして後ろ向きになってモンペを引き上げ、腰紐をしっかりと結わえた。岩井の目にも、女の白い尻がまぶしかった。

「あそこに倒れている人はお前のご主人か」

「違います。あの方は村長さんです。私がこのとおりおなかが大きくて、皆さんと一緒に逃げることができなくなったので、村長さんが私を護ってくださっていたのです」

岩井が倒れている老人に近づいて調べると、すでに老人は絶命していた。

「アア、村長さーん。ワーッ」

女が取りすがって泣く。岩井はしばらくそれを見守っていたが、やがて女を引き離し諭《さと》した。

「さあ、泣くな。早いとこ埋めてあげよう。この辺は野犬が出るからな」

岩井は鉄兜を脱ぐと、それで土を掘り始めた。土は黄土質で軟らかかったが、それでも一人の男を埋める穴を掘るのに二時間くらいかかった。埋葬を終えた頃には、八月十四日の太陽は西に傾いていた。

空腹を感じた岩井は、雑嚢から羊羹を取り出して半分に折って女に渡し、自分もかじった。

「ああ、おいしい。生きていると良いこともあるんですね」

女がはじめて微笑《ほほえ》んだ。

「良いことも悪いこともあるさ」

彼は激しかった戦闘を思い出していた。

「兵隊さんはどこまで行かれるのですか」

「俺は佳木斯の旅団司令部まで行くが、お前は」

「さあ、開拓団の皆さんは、とにかく南へ逃げて、鉄道が動いていたら朝鮮に行くと言っていました。佳木斯まで連れて行っていただけませんか」

「そうだなあ。女連れで歩くのは気が進まんのだが、このまま女一人を置き去りにもできまい」

「ありがとうございます。ご恩は決して忘れません」

女は喜びに顔を輝かせた。

「よし、そうと決まれば出発だ。夜通し歩くぞ」

「はい」

二人は老人を埋めた土饅頭に合掌すると、南西を指して歩き始めた。

翌日早朝、二人は佳木斯の街に近づいたが、女に陣痛が始まった。岩井は支那人の家をたずねまわって産婆を探した。東亜同文書院での支那語が役立った。やっと産婆を探し当てると、女を預けた。

別れ際に女は岩井に厚く礼を述べた。彼女は自分の名前を吉川キミと名乗った。岩井一等兵も「俺は岩井忠夫だ」と名乗り、佳木斯の街に去っていった。旅団司令部は、その頃までには通化への移動を完了していたのだが……。

八月十五日の昼頃、キミは女児を分娩した。そして満州で生まれたので、その娘を満子《みつこ》と名づけた。

十五章

昭和二十年八月十二日〔大虎山飛行場〕

八月九日の大戦果に、第一六六七五航空隊は湧きに湧いた。

一方、撃墜された二名のパイロットの葬儀はしめやかにとり行なわれ、遺品の整理が戦友たちの手でなされた。

大虎山飛行場は、前進基地なので格納庫などはなく、滑走路も泥土をローラーでならしただけのものであった。

敵機の空襲を避けるために、飛行機は分散されて掩体壕に秘匿されていた。整備兵が機体に取り付き、全機のエンジンから点火栓を抜き去って、紙ヤスリでカーボンを落としている。粗悪なガソリンを使っているので、どうしても点火栓の間にカーボンが付着してしまうのだ。

理由は不明だが、ソ連空軍の出足は遅れた。この日になっても、敵空軍の襲撃はなかった。

準備の成った一機の一〇〇式司偵と、十二機の二式戦闘機が索敵のために飛び立ち、四方八方に消えて行った。司偵の進出距離は千二百キロ。二式戦闘機の進出距離は千キロである。

今回の出撃は偵察が目的なので、航続距離を伸ばすために機体を軽くする必要があった。機銃弾は積まず、無電機も取りはずした。したがって、後部座席の無電手も不要となったので、重量は四百キロ余り軽くなった。

司令官は万一の会敵を心配したが、航空参謀はソ連空軍とそのチャンスが少ないこと、万一会敵しても単機で偵察中であれば、どのみち機銃弾を積んでいても撃墜は免《まぬか》れないと主張し、むしろ機体を軽くしておいた方が乱雲の中に逃げ込みやすいと断じた。

ノモンハン事変当時、九七式[註40]戦闘機でソ連空軍のイリューシン十五およびイリューシン十六型戦闘機二十七機を撃墜した経験を持つ航空参謀の言には説得力があった。

こうして十三機の偵察機は、地上勤務者の帽振れに送られて勇躍基地を後にしたのだが、足の短い（航続距離の短い）四式戦闘機は待機することになった。

しかし、疾風戦闘機隊は漫然と待機していたわけではなかった。整備の終わった機から三機ずつの小隊を組んで、飛行場上空五千メートルを旋回して、敵の爆撃機の来襲を哨戒して、二時間ごとに次の小隊と交替していたのである。

四時間後、十二機の二式戦闘機が次々と帰着し、さらにその一時間後に一〇〇式司偵が見事な三点着陸[註41]を行なった。全機無事帰還を果たしたのである。

さっそく、作戦会議が開かれた。敵は北方と西方から大軍の機甲部隊で侵入してきているると報告された。搭乗員は即時攻撃を主張したが、進出距離が遠くて二式戦十二機しか攻撃に参加できないこと、および帰投が夜になって夜間照明設備のない大虎山飛行場では着陸時に機体を破損するおそれがあることを航空参謀に指摘されて、彼らはしぶしぶ納得した。

次の日すなわち八月十三日は、丸一日飛行機の整備（点火栓みがき、四式戦への増槽の取り付け、機銃弾帯への焼夷弾の詰め替えなど）に費やし、翌十四日に全四十機による総攻撃を敢行することに決した。その二日間で敵の大機甲部隊は、さらに五百キロほど近づいてくるであろう。そうなれば、四式戦闘機も余裕をもって攻撃に参加できる。戦法は八月九日と同様である。

八月十四日が来た。早暁より飛行服に身を固めた搭乗員たちは、はやる心を抑えながらピスト[註42]で待機していた。

まだ暗いうちに偵察のために離陸して行った一〇〇式司偵から無電が入ったのは、午前八時前であった。暗号ではなく平文であった。

「司偵ヨリ、敵見ユ、大虎山西北西六百キロ、コレヨリ帰投ス」

「ウォーッ」

　ピストで声が上がった。司令官はそれを制して、次の訓示を行なった。

「諸子が待ちに待った時が遂に来た。ただ今より、我が第一六六七五部隊は全機をもって醜敵ソ連軍の大機甲部隊殲滅のために出撃する。第一目標は敵の油槽トラック、次は弾薬輸送車および糧秣輸送車、そしてさらに弾薬が余れば残弾残らず撃ち尽くし、兵員を一人でも多く殺傷して来い！　健闘を祈る。終わり」

　操縦者たちは　先任の今田少尉の「敬礼！」の号令で一斉に司令官に挙手の礼をすると、自分たちの愛機に向かって駆けていった。

　十二機の屠龍と二十八機の疾風は、整備兵によって暖機運転がされていた。それぞれの愛機に跳び乗ると、エンジンの回転を上げて、機を風下側の滑走路端までころがして行って停止した。

　計器を一渡り見回して、異状のないことを確かめた。屠龍の一番機がさらにエンジンをブースト一杯に上げて滑走路を滑り出し、二番機がそれに続いた。

　地上勤務者たちは全員、滑走路わきに並んで帽振れを行なっている。屠龍の十二機が離陸すると、疾風の二十八機も続いて離陸した。地上勤務者たちは、最後の疾風が点となって消え去るまで、立ち尽くして見送っていた。

この日は雲が多かった。司偵が発進した早朝には、まだ雲量六ぐらいだったが、戦闘機隊が戦場に到着した午前十時ごろには下方は白雲に閉ざされて、敵の機甲部隊を発見することができなかった。

三千メートルの高度で飛行を続けていた屠龍の編隊長は、敵の上空と思われる辺りで高度を下げ、雲下に出てみたが、敵を発見することはできなかった。疾風も続行していたが、足の短い疾風はすでに増槽内の燃料を使い果たしていた。

疾風の今田少尉は増速して屠龍編隊長機に並ぶと、風防越しに「残量少、引キ返ス」と指先信号を送った。屠龍編隊長もすぐに了解して列機にバンクを送って知らせると、百八十度方向を転じて帰路についた。

地上で戦果を待ちわびる司令官の前に直立不動の姿勢で立ち並ぶ五十二名の搭乗員に、司令官は諭すように話した。

「悪天候のために敵を発見できなかったのは、諸子の責任ではない。明日、機を整備して明後日、再度総攻撃をかける。ロスケも二日だけ生き延びただけの話だ。明後日《あさって》になれば天候も回復するだろう。それにしても事故もなく、全機よく帰ってきてくれた。補給の途絶えた現在、一機でも失うのは堪えられんのだ。ご苦労であった。ゆっくり休むように」

「敬礼！」

今田少尉の号令で一同は挙手の礼をすると、肩を落として宿舎に戻っていった。整備兵はさっそく、機を掩体壕に入れて、整備を始めた。

註40　九七式戦闘機＝昭和十二年制式機となった陸軍最初の全金属製戦闘機。単発、低翼、単座で固定脚。ノモンハン事変で活躍した。七百十馬力、最高時速四百六十キロ、航続距離九百六十キロ、七・七ミリ機銃二梃。
註41　三点着陸＝主輪と尾輪が同時に接地する理想的な着陸姿勢のこと。
註42　ピスト＝空中勤務者待機所。

十六章

昭和二十年八月十五日〔大虎山飛行場〕

昨日の曇天とは打って変わって、真夏の太陽がぎらぎらと飛行場を照りつけていた。

「総攻撃を明日まで待たず、今日やったほうが良くないでありましょうか」

谷藤が訊《き》いた。

「まあ、待て。司令官殿には考えもおありだろう。一日待てば敵はそれだけ近づく。そうすれば疾風にだって増槽を取り付けずに済むし、代わりに二百五十キロ爆弾を携行できる。敵戦車に二百五十キロをお見舞いしてから、油槽トラックを銃撃すれば、なお効果があろう」

今田少尉は答えた。

「はい、確かにそうでありますが、敵が押し寄せてきているのに何もしないで一日過ごすのは、何とも落ち着かないのであります」

「落ち着かんのは俺も同じさ。だが、正午に重大放送があるそうだ。まず、それを聞いてからのことだな」

「重大放送とは何でありましょうか」

「それは俺にもわからんさ」

やがて正午の時報が鳴り、アナウンサー（当時は放送員と言ったが）の声が聞こえた。本土から遠く離れた大虎山では、短波の受信状態が悪くてはっきり聞こえなかったが、陛下の玉音であるとアナウンサーが述べたので、部隊の全員が直立不動の姿勢をとっていた。

陛下の玉声を初めて聴く隊員たちは、強くなったり弱くなったり、波の打ち寄せるようなやや甲高い玉音に耳を傾けていた。汗が顔から背筋に滴《したた》り落ちてくる。

「……、朕深ク世界ノ大勢ト帝国ノ現状トニ鑑ミ非常ノ措置ヲ以テ時局ヲ収拾セムト欲シ兹ニ忠良ナル爾臣民ニ告ク。朕ハ帝国政府ヲシテ米英支蘇四国ニ対シ其ノ共同宣言ヲ受諾スル旨通告セシメタリ……」

聴き終わった隊員たちは騒ぎ始めた。

「何だって、戦争をやめるのか」

「そんなばかなことがあるか。神州不滅だろう。俺たちはまだ戦えるではないか」

「これは君側の奸臣の謀略だぞ、騙《だま》されるな!」

そのうちに号泣を始める兵や、自決しようとして手榴弾を持ち出し、仲間に止められる者が出てきて、航空隊内は大騒ぎになった。

村田大佐は壇上に登ると、大音声で叫んだ。

「ようく聞けっ。只今の放送が畏《おそ》れ多くも、陛下の大御心であれば、我々は聖旨を奉じたてまつらねばならん。しかし、これは謀略であるとも考えられる。そこで、本司令官は只今より、航空参謀に一〇〇式司偵を操縦させて錦州飛行場に飛び、第十五飛行団におもむいて、事の真偽を確かめてくる。事後の対処についても相談してくるので、後命あるまで軽挙妄動は厳に慎め。勝手な出撃は絶対禁ずる。わかったかッ」

「はい」

「はい」

「わかりました」

「ようし。それなら航空参謀、ご苦労だが、錦州飛行場まで私を乗せて行ってくれ」

村田大佐を後部座席に乗せた一〇〇式司偵は一路、錦州目指して飛び去った。

大虎山飛行場の全員は帽振れで見送り、一〇〇式司偵が点となって消え去っても、しばらくそこに佇立《ちょりつ》したまま動かなかった。


「おい、本当に日本は負けたのかな」

「ばか言うな。我々が負けるわけないだろう。この前だって敵の大戦車軍団の進撃を、たった四十二機の戦闘機だけで食い止めたではないか。北支派遣軍から爆撃機を四、五十機まわしてもらえば、ロスケの戦車軍団など全滅さ」

「それにしても、どうしてソ連空軍はやってこないんだろう。俺は奴らと空中戦がやりたくてたまらないんだが」

「そのうち来るさ。ここはローラーでならしただけの滑走路だし、飛行機は全部、掩体壕に隠してあるから、奴らはここが飛行場だと思っておらんのだろう」

「そうかも知れん。秘密基地というわけか、ハハハハ」

「進出鬼没でロスケは全滅さ」

「そうだ、そうだ。今日は出撃をとりやめだそうだから、酒保を開けてもらって整備兵も交えてご苦労さん会をやろうじゃないか」

夜も更《ふ》けて、だいぶ酔いもまわった頃になって、錦州におもむいた村田大佐から電話が入った。

「村田だが、お前は誰か」

「はい、今田少尉であります。状況はいかがでありますか」

「ウム、今のところまだはっきりせん。戦争が終わったと言う者と、あれは敵の謀略だと言う者とがおってな……。これは極秘だが、明後日、竹田宮恒徳王陸軍中尉が新京に飛来されることになったそうだ。そうすれば事情がはっきりするだろう。それまではいつでも出撃できるよう甲装備[註43]で待機しておれ。お前、飲んでいるのか」

「はっ、ほんの少しばかり……」

「ばかもん、いつ敵襲があるかわからんのに、酒など喰らっている奴があるかーっ、すぐ止めい。甲装備だぞ、よいか、即時甲装備で待機しておれっ！」

電話は村田大佐の怒声で、ガチャンと一方的に切られた。

今田少尉は兵舎の食堂に戻って全員に内容を伝え、宴会を打ち切った。

機付兵と整備兵はそれぞれの掩体壕に戻って、愛機にガソリンを満たし、増槽を取り付け、機銃弾帯から通常弾を抜き去って焼夷弾に詰め替えた。風防ガラスも一点の曇りもなく磨き上げ、いつでも飛び立てるようにして甲装備を完了した。すべての作業は懐中電灯の光で行なったので、いつもより時間はかかったが、夜明け前には完了した。操縦者は充分な睡眠をとるために、早めにキャンバスベッドで寝に就いた。

翌朝、すなわち八月十六日の朝、再び村田大佐から電話があった。

「只今、新京の関東軍総司令部から至急電が入った。ソ連空軍が新京に飛来して爆撃中とのことだ。第十五飛行団は直ちに迎撃に向かう。大虎山からも応援機を出せ」

「敵は戦爆連合でありますか」

「いや、爆撃機だけらしい。おそらく、ハバロフスクから飛来したものだろう。航続距離の関係で戦闘機は随伴できなかった模様だ」

「新京には迎撃戦闘機はないのでありますか」

「もちろんあるが、一式戦[註44]ばかりでな。十三ミリ機銃二梃では、なかなか爆撃機は落とせないらしい。どうしても二十ミリの炸裂弾装備の機が欲しいと言っておる」

「爆撃機のみであれば、重戦の二式戦を差し向けましょうか。航続距離も長いですし……」

「お前のところには、二式戦は四小隊あったな。それをよこしてくれ、全機飛べるか」

「大丈夫であります。さっそく発進させます」

「うん、そうしてくれ。それと……、四式戦も六小隊ばかり随伴させてもらいたい。もし、ラボキチン七型やヤコブレフ九型のソ連戦闘機が来襲したら、二式戦では苦手だろう。四式戦は給油なしで新京まで飛べるか」

「増槽を付ければ大丈夫であります。昨夜のうちに甲装備で増槽も付けてありますので、暖機運転を行なえば、十分後には発進が可能であります」

「では頼むぞ。明日は竹田宮殿下が飛来されることになっておるので、万一のことがあっては大変だからな」

「それでは、自分が編隊を指揮して参ります」

「いや、お前は先任士官だ。お前は大虎山に残れ。誰か他の者、そうだ、二式戦の編隊長に指揮をとらせて新京に行かせよ。私も事情が判明し次第、大虎山に戻る」

「それまで十機の四式戦は、大虎山で何もせずに待機でありますか」

「ウーン、八月十五日に玉音放送があって、その翌日、ソ連機が新京を爆撃したとなると、まだ戦争は続いていると考えてよかろう。とにかく、偵察を密にせよ。敵戦車が進撃を続けるようなら、銃撃でも爆撃でもどんどんやれ。それと、飛行場の上空直掩もおこたるな。滑走路に穴を開けられたら、着陸時に脚を折ってしまうからな。では、頼むぞ」

「了解いたしました。さっそく、二式戦十二機と四式戦十八機を新京に向け発進させます」

今田少尉は復唱すると電話を切った。

註43　甲装備＝いつでも出撃できるように、燃料や機銃弾を積み込んでおく状態。普段は銃撃されても飛行機が炎上しないように、掩体壕内にあるときはガソリンを抜き機銃弾帯もはずして駐機してある。

註44　一式戦闘機＝昭和十六年制式採用となった陸軍の戦闘機。太平洋戦争の全期間を通じて使用され、隼の愛称で国民に親しまれた。千百三十馬力、単発単座、最高時速五百十五キロ、航続距離千六百二十キロ。十三ミリ機銃二梃、爆弾三十キロ二個。

十七章

昭和二十年八月十八日〔大虎山飛行場〕

この日も熱かった。

今田少尉が掩体壕に行くと、整備兵が脚立に登ってスピンナーをはずしている。可変ピッチプロペラの調整か何かをしているのだろうと思いながら隣の掩体壕に行くと、何と今田少尉機のプロペラがはずされて地上に置かれていた。

血相を変えた少尉は隣の壕に駆け戻り、脚立によじ登って、整備兵の襟《えり》を摑んでひきずり降ろした。

「貴様ぁ、何をするかーっ」と叫んで整備兵を殴り倒した。

「立てーっ、この野郎」

整備兵がよろよろと立ち上がると、さらに強烈な往復ビンタを喰らわせた。

「止めーっ、制裁止めーっ」

これも血相を変えた整備班長の准尉が跳んできた。

「どういうことだ、これは。飛行機が飛べなくなるではないか。貴様が命令したのか。ブッ殺すぞ」

今田少尉は、拳をブルブル震わせながら准尉に噛みついた。

准尉は涙をこぼしながら答えた。

「これは司令官殿の命令であります。今朝、自分に錦州より電話がありまして、日本が無条件降伏をした以上、これからソ連軍に攻撃をかけるのは好ましくない。若い者は血気にはやって何をしだすかわからんから、私が帰るまでに全機飛べないようにプロペラをはずして置け、とのことであります。自分も無念であります」

准尉は半袖の腕で涙を横にこすって嗚咽《おえつ》した。

「よし、わかった。では、お前に命令する。ペラを元通りにせよ」

「しかし、司令官殿の命令は……」

「よいか准尉、軍隊では直属の上官の命令に従えばよいのだ。たとえ中隊長が『突撃待て』と命じても、小隊長が『突撃ーっ』と命じたら、その小隊は突撃しなければならん。命令不服従の罪は小隊長が受ければよいのであって、兵は小隊長の命令に従えばよいのだ。わかるか」

「はあ、その通りであります」

「では、小隊長が一時間前に『撃ち方始め』と号令をして、三十分前に『撃ち方止め』と号令をかけたら、お前はどちらに従うか」

「それは……、もちろん一番最近の号令に従うべきものと考えます……」

「わかっておるではないか、准尉。お前の直属の上官は誰か」

「はっ、先任士官の今田少尉殿であります」

「よし、命令だ！　直ちに全機にプロペラを装着し、甲装備にて待機させよ。増槽は付けんでよい。その代わり、二百五十キロの爆装を明朝までに完了させよ」

「了解いたしました。直ちに全機甲装備に戻し、二百五十キロ爆装を明朝までに完了させますっ」

准尉は挙手の礼をして駆け去った。

今田少尉はしばらく空を仰ぎ見ていたが、何か決心したようにピストに向かって歩いていった。

ピストでは、上空直掩の三機と、まだ偵察から戻ってこない二ノ宮准尉機以外の五名がぼんやりと空を見つめていた。

「次の上空直掩は上がらんでよい」

「……？」

「二ノ宮が帰り、上空直掩の三名が下りてきて、全員が揃ったら話したいことがある」

今田少尉は椅子に腰をおろすと瞑目した。

一時間後に上空直掩の三機が着陸してきた。

「どうしたんだ、次の上空直掩、早く上がれ」

「待て、次は上がらんでよいそうだ。二ノ宮が戻ったら、編隊長から話があるそうだ」

「………」

さらに二十分が過ぎた。かすかに四式戦特有の爆音が聞こえたので、皆は外に飛び出して西の空を見上げた。

ぽつんと機影が見え、だんだんと大きくなってくると、二ノ宮機であることが判明した。機は飛行場上空を旋回すると、風上側に機首を向けて見事な三点着陸をして滑走路を走っていったが、停止寸前に片脚のブレーキを踏み、機首を回すと、さらにエンジンを軽く吹かせ、ピストの前までころがしてきてエンジンを止めた。

准尉が天蓋を開けるのと、機付兵が駆け出して主翼に跳び乗ったのが同時だった。落下傘（椅子のクッション代わりになっている）ベルトをはずし、機付兵の手を借りて機から降りた二ノ宮准尉は、駆け足でピストに来て、今田少尉の前で直立不動の姿勢をとって敬礼した。

「報告！　二ノ宮准尉は、赤峰《チーフオン》附近の平原にソ連軍の大機甲部隊が集結中であるのを発見いたしました」

「よし、ご苦労であった。約三百キロ西方だな。戦車は何輌いたか」

「戦車約三百輌、トラックに牽引された野砲約五百門、油槽車五十輌、それ以外に兵員輸送トラック一千台であります」

「何ィ、そんなにたくさんで来たのか。トラック一輌に四十名乗車するとすれば、歩兵四万人か。ところで戦車の砲は前方を向いていたか、それとも後方を向いていたか」

「全車、前方を向いておりました」

「フーム、奴らは戦う気だな。ということは……、先日の玉音放送は、やはり敵の謀略だったことになる」

「今田少尉殿、例の手で油槽車輌を炎上させましょう」

「そうだ、やろう、やろう」と言いながら、皆が立ち上がった。

「まあ、待て。今すぐには全機飛べない」

「どうしてでありますか」

「実はな、司令官殿のご命令で、整備の奴ら、ペラをはずしてしまったのだ」

「そんなばかなっ、一体何だって……」

「司令官殿はな、昨日の竹田宮殿下から陛下の和平への大御心を伝えられたらしいんだ。それで俺たちが戦争続行をするといけないと思って、整備隊長にペラをはずす命令をくだされたらしい」

「それでは自分たちは、もう飛べないのでありますか」

「安心せい。明日は飛べるように命じてきた。しかし、これは抗命だぞ。俺は帰ってきたら銃殺になる。だから明日は、攻撃に飛び立ったら帰っては来ない。味方の弾丸で銃殺になるくらいなら、二百五十キロ爆弾を腹に抱いたまま敵戦車に体当たりをする」

「我々もやります。日・ソ不可侵条約を踏みにじって、一方的に攻め込んできた憎きロスケに、一泡ふかせてやりましょう」

「このまま最新鋭の四式戦を敵に渡してなるものか、俺もやるぞ」

　全員が明日の特攻に賛成した。

「よし、皆の気持ちは今田がありがたく頂く。俺が真っ先に飛び込むから、皆も続いてくれ。それでは今日は解散とする。身辺の整理をするなり、遺書を地上勤務の者に託すなり、各自最後の一夜を意義あるように過ごせ。では、解散」

陸軍では、曹長以上の階級の者には営外居住が認められていた。八月九日以来、誰も自宅に帰っていなかったが、この晩だけは身辺整理のために自宅に帰っていった。

特に谷藤少尉は新婚間もない新妻を帯同してきていたので、妻をどうするか頭を痛めていた……。

十八章

昭和二十年八月十八日夜〔谷藤少尉宅〕

「あら、お帰りなさいませ。大変でございましたでしょう」

夫人の恭子は玄関に手をついて夫を迎え入れた。

「ウム、変わりはなかったか」

「何ですか、日本が戦争に負けたとか満人が騒いでおりましたけど……」

「…………」

「そんなことありませんわよね。どうなんですの、あなた」

「それについては後で話す。直ぐに風呂を湧かしてくれ」

夫人はいそいそと立ち上がって、風呂の準備にとりかかった。

谷藤少尉は軍服を脱ぎ、浴衣に着替えてからどっかりと座り、団扇《うちわ》を使いながら庭を眺めていた。大陸性気候なので、夕方になると、昼間の暑熱が嘘のように涼風が吹く。頭を冷やしながら、彼は夫人をどうしたらよいか、考え続けた。新婚気分を味わいたくて、こんな奥地まで帯同してきたことを後悔していた。

――やはり結婚すべきではなかったのだ。飛行機乗りは、いつ戦死するかわからないのだから、未亡人を増やすことになるのではないか。孫の顔を早く見たいと言う、両親の願いを無下《むげ》にしりぞけるわけにもいかなかったし……。だが、本当は子種だけを仕込んで、日本の両親のもとに送り返しておけば良かったのだが……。まだ、懐妊の兆候もないようだし……、さて、どうしたものだろう。

自分が明日特攻に出ることには何の迷いもないが、自分の死後、恭子は果たして無事に日本に帰れるのだろうか……。下手をすると、進攻してきたソ連兵に陵辱されるかもしれない。いや、ソ連兵でなくとも、日本の兵隊がいなくなれば満人だって、か弱い女を襲うかもしれぬ。そんなとき、恭子には自決するだけの勇気があるだろうか……。自分だけが戦地に妻を一人残して死んでしまうのは、無責任というものではないだろうか……。

とつ、おいつ、そんなことを考え続けていた谷藤の耳に、恭子の明るい声が聞こえた。

「あなたぁ、お風呂が湧きましたよ」

「お、そうか。今行くぞ」

彼は手拭をつかんで風呂場に向かった。恭子は台所で夕食のしたくにとりかかっている。したくといっても、最近では行商の満人が軍票[註45]では物を売ってくれなくなっていたので、大した物は作れなかったが、恭子は久し振りに帰宅した夫のために精魂込めて料理を作った。

やがて、風呂から上がってきた谷藤の前に、彼の好物がズラリと並んでいた。

「うん、うまそうだな。よくこれだけの物が手に入ったな」

「だって、あなたが山内一豊の妻になれって、おっしゃったでしょう」

「そんなこと言ったかな」

「おっしゃいましたよ。それで、訪問着と交換したの」

「無理せんでも良いのに……。では、ありがたく頂くぞ」

恭子は台所に立つと銚子を持ってきた。

「ほう、晩酌もあるのか」

「私ね、この三ヶ月であなたの好物を全部覚えてしまいましたのよ」

「さすが、山内一豊の妻だ。ハハハハ」

谷藤は妻の酌でうまそうに杯を干すと、恭子に杯を渡して、「お前も一杯やれ」と言った。

「あら、私もですか。なんだか三三九度のやり直しみたい」

無邪気に言って恭子は杯を受けた。

谷藤はそれを聞くと、(そうだよ、これは俺たちが死んでも、あの世で再び結ばれるための儀式なんだ)と心で思ったが、口には出さなかった。これが最後の晩餐になることがわかっていたから、恭子に少しでも楽しいひと時を過ごしてもらいたかったのだ。

愉快そうに話しながら食事を済ませた谷藤は、妻に言った。

「恭子、風呂で体を清めてこい」

これは夫婦間の隠語だった。

「風呂に入れ」と言った場合は言葉どおりなのだが、「体を清めてこい」と言ったときは、その後で夫婦の儀式が行なわれることになっていた。

「あら、こんなに早くからですか」

恭子は顔を染めた。酒のせいばかりではないだろう。上気した顔で風呂場に向かった。

谷藤はまだ薄明かりが残っている庭をチラと眺めてから、窓を閉めてカーテンを引いた。

やがて、床の中で待つ谷藤のところに浴衣をさっぱりと着こなした恭子が入ってきた。

薄化粧の匂いが鼻孔をくすぐる。

「まだ明るくて、なんだか恥ずかしいわ」

恭子は身を縮めた。谷藤はやさしく抱きしめて唇を合わせ、浴衣の前を割った。

すべてが終わると、部屋は漆黒の闇に包まれていた。谷藤は妻を抱きしめながら、耳許に口を寄せて囁《ささや》いた。

「恭子、今まで短い間だったが、種々世話になった。ありがとう。俺は死んでも、お前のことは忘れない」

気だるい満足感に浸っていた恭子は、とたんに体をかたくした。

「それって、それって、どういうことですの」

「実はな、俺たちは全員、明日は特攻に出るのだ。だから、もうお前には会えない」

「イヤーッ、そんなの嫌です」

「女々しいことを言ってはいかん。お前は帝国陸軍軍人の妻ではないか。夫の戦死は覚悟していたはず。どうか明日は笑顔で俺を送りだしてくれ」

「でも……、でも戦争は終わったんではありませんか。何も今さら特攻なんて……」

恭子はすすり泣き始めた。

「戦争が終わったかどうかまだはっきりしないのだ。現にソ連軍の大機甲部隊が三百キロのところまで進撃してきている。機甲部隊だから、一日か二日でここまで来るぞ」

「皇軍はそれを撃退しないのですか」

「ウム、残念ながら、それだけの兵力がないのだ。だから、俺たちが突入して敵の燃料輸槽車を炎上させ、進撃の速度をおくらせるしかない。その間に在満邦人には脱出してもらう」

「脱出なんか出来っこありません。こんな奥地で交通機関もないんですから……」

「ウーン、俺もさっきからずうっとそのことを考えていたのだが……、お前どうする」

「私、死にます。あなたと一緒に」

「一緒に、って言ったって、お前、俺は飛行機で突入するんだぞ」

「だから、私はあなたの飛行機にこっそり乗り込んで隠れています。ね、いいでしょう。それなら一緒に死ねるし……、私はあなたと一緒に死ねるなら、ちっとも怖くありません」

「そうか、そこまで覚悟をきめているのなら、それが一番良いかもしれん。どうせ人間はいつかは死ぬわけだから……。よし、軍紀違反になるが、やってみよう」

　恭子を同乗させて突入する気になった谷藤は安心したのか、連日の疲れが出たのか、眠りに引き込まれていった。

　夜半にふと目を覚ますと、恭子が白装束に身を固めて谷藤の顔をじっと見ていた。

「何だ、眠らなかったのか」

「眠ったりしたらもったいないんですもの。あなたの顔を忘れないように、こうしてずっと見ていたんですのよ」

「今、何時だ」

「三時ちょっと前」

谷藤はがばと起き上がると、軍服に着替えた。

「もう、出発しますの」

「うん、夏は五時前に明るくなる。暗いうちにお前を俺の機に押し込まなければならんからな。さあ、出かけよう」

二人は連れ立って飛行場に向かった。

註45　軍票＝軍が発行する通貨。

十九章

昭和二十年八月十九日〔大虎山飛行場〕

天蓋を開けて、レバーを動かし、座席を前方に移動した谷藤少尉は、クッション代わりの落下傘を、座席後部の胴体の床に置いて恭子をその上に座らせた。

「いいか、飛行機が離陸するまでは姿勢を低くして外から見えないように隠れているんだぞ」

「はい、横になって眠っています。私、飛行機に乗るの初めて。あなたと一緒に死ねるなんて幸せ」と、恭子は目を輝かせ、笑顔で答えた。

谷藤は（女も度胸を決めると強いもんだ）と半ばあきれ、半ば感心しながら、ピストに向かった。

煙草を一服吸っているうちに空が白み始め、やがて操縦者たちが集まってきた。

「お、谷藤、早いな。どうだ、お別れのキッーイ一発をやってきたか」

「一発じゃ済まんだろう、二発か、三発か、正直に言え」

皆が口々にからかったが、谷藤はニヤリとして「ご想像にまかせるよ」と言っただけだった。


全員が集まると、今田少尉が話し始めた。

「では、朝食前に本日の攻撃の要領を話しておく。前回の同江攻撃の際は、敵機との遭遇も予想されたので、従来どおりの三機編隊を組んで行ったが、編隊を組むと、列機は一番機の護衛に専念しなければならないので攻撃に制約を受ける。したがって、本日の攻撃は一列縦隊の単縦陣型でやる。高度三千メートルで飛行し、敵地上空の五キロ手前でエンジンをしぼって爆音を消し、グライダーの要領で滑空して低空で敵に近づく。奴らが油断している昼食時に攻撃をかける。空中衝突を避けるために機間距離を大きくとって二百メートルとする。なお、自分が先頭に立つつもりであったが、昨日偵察を行なった二ノ宮准尉が敵の所在地を熟知しているので、二ノ宮機に先導してもらおうと思う。二ノ宮やってくれるか」

「はっ、光栄であります。自分が真っ先に突入します」

「待て、二ノ宮。突入するのは、全弾撃ち尽くして最後にやるのだ」

「あ、そうでありました」

「では、攻撃順序を示す。先般の攻撃では、敵の高射機銃で味方機が二機やられた。したがって、今回は二ノ宮機と、続く自分の二機とで、高射機銃群に炸裂弾を打ち込んで沈黙させる。その後の残りの八機は、油槽車に二十ミリを叩き込め。上昇反転するときは、敵から五キロ以上離れてから行なうこと。上昇反転中が一番狙われやすい。全弾撃ち尽くしたらコレだ」

　今田少尉は、手で机に突っ込む仕草をしてニヤリとした。

「質問」と、谷藤少尉が手を挙げた。

「何だ、谷藤」

「油槽車は前回の攻撃でも十三ミリの焼夷弾で炎上しました。油槽車攻撃に二十ミリを使うのはもったいないと考えます。油槽車は十三ミリで掃射して、二十ミリの炸裂弾は戦車の履帯に叩き込んだ方が良いと考えます。二ノ宮准尉の報告では、敵戦車は約三百輛とのことであります。そうであれば、我々全機が突入しても、敵には無傷の戦車が二百九十輛残ることになります。幸い、四式戦には二十ミリ炸裂弾が両銃で二百発あります。八機で千六百発あるので、これを上手《うま》く撃ち込めば、三百輛の戦車を動けなくすることは可能と考えます。それに、……」

「それに何だ、谷藤」

「突入は戦車群にではなく、弾薬積載車にやるべきと考えます」

「なるほど、そうすれば誘爆も起こすだろうし、効果的だな。戦車が動けなくなり、燃料が炎上し、弾薬が爆発してしまえば、敵は進撃を止めるかもしれない。たとえ、止めないにしても、後続部隊の到着を待たなければならないから、進軍速度はずっと遅れるわけだな」

「それに、一機は敵の糧秣車輛と給水車を炎上させるべきであります。そうすれば、四万人の敵兵は餓死または渇死するでありましょう。幸い、赤峰附近は砂漠地帯で川はありません。ぜひとも、一機か二機はこの攻撃に差し向けて頂きたくあります」

「よーし、わかったぞ。お前は仲々の軍師だのう。それでは谷藤と波多野は、糧秣車攻撃にまわれ。他の六機は油槽車を炎上させた後で戦車攻撃を行ない、十機とも全弾を撃ち尽くした後で上昇に移り、緩降下しながら二百五十キロ爆弾ともども、敵の弾薬車輛に体当たりを行なう。何か質問はあるか」

「ありません。良くわかりました。必勝の信念をもって任務を遂行します！」

一同は元気よく答えた。

作戦会議が終わると、間もなく当番兵が来て食事準備ができた旨を告げた。

操縦者たち十名がピストから兵舎の食堂まで歩を運ぶと、地上勤務者が箸を付けずに待っていた。彼らは整備員から、今日の特攻の話を聞き知っていたのだ。

「ヨオ、おはよう。皆、俺たちを待ってくれていたのかい」

今田少尉はつとめて明るく言った。

「今田少尉殿、永い間お世話になりました。自分たちは本日午後、通化へトラックで移動せよとの命令がでました。これがご一緒に食べる最後の食事であります。お待ちしておりました」

整備班長の准尉が両眼に涙を浮かべて、今田少尉の手を握った。

「そうか、大虎山には誰もいなくなるのだな。俺の方こそ、お前の部下に手荒なまねをして済まなかった。許してくれい」

少尉が整備兵に目を移すと、昨日殴られた整備兵は、「ウーッ」と声を上げて泣き出した。

「おい、もう泣くな。俺たちは喜んで死んでいくのだ。人間はいつか必ず死ぬ。早いか遅いかの違いだけだろう。俺は一人でロスケを何千人も殺して、奴らの進撃を喰い止めることができるなら、自分の死ぬことなんか何とも思っておらんのだ。さあ、食べようじゃないか」

食卓には主計兵の心づくしのご馳走が並んでいた。

特攻に出る十名は、快活に話しながら旨《うま》そうに朝食を平らげたが、地上勤務者たちは黙々と箸を運んでいた。


ピストに戻った十名の操縦者たちは滑走路の端から端まで歩いて、路面の堅さを調べた。何しろ未舗装の滑走路なので、雨が降ると泥濘《でいねい》と化してしまうからだ。それに今日は二百五十キロの爆弾を積むので、離陸距離が延びるだろう。四百メートルの滑走路で飛び上がるためには路面が堅く、平坦でなければならない。

特に甲装備の爆装では、爆弾の安全装置ははずしてあるので信管は露出している。万一、離陸滑走中に車輪が穴に落ちて主脚を折るような事態になれば、爆弾はその場で爆発するかもしれないのだ。

しかし、滑走路は今までにないぐらい良く整備されており、小石一個すら取り除いてあった。昨夜は主計兵も通信兵も警備兵も総出でローラーを曳き、小石を取り除く作業に夜を徹したのだ。

滑走路の点検を終えた十名の操縦者たちは、ピストに戻って一服していた。

機付兵が走って来て、「谷藤少尉殿、整備班長殿がお呼びであります」と告げた。

「なに、谷藤機が故障か」

皆が総立ちになったが、谷藤は心当たりがあったので、皆を鎮めると、機付兵と共に掩体壕に向かって歩きだした。

掩体壕に近づくと、整備班長の准尉が飛んできて耳元で囁《ささや》いた。

「谷藤少尉機に奥様が乗っておられます」

「ウム、家内とも昨夜相談したのだが……、一緒に死にたいと言うので、今朝座席の後ろに押し込んでおいたのだ」

「しかし、民間人を軍用機に乗せるのは軍紀違反に……」

「わかっておる。軍紀違反といえば、今日の特攻自体が軍紀違反なのだぞ。考えてくれ准尉。俺が死んで、大虎山飛行場の守備隊が通化へ移動した後でソ連軍が進攻してきたら、家内はどうなると思う。おそらく、ソ連兵に陵辱されて殺されるだろう。俺は家内をそんな目に会わせたくないのだ」

「少尉殿のお気持ちはよくわかりますが、……」

「頼む。武士の情だ。見逃してくれい」

「わかりましたっ。自分は盲目になりました」

「ありがとう、准尉。恩に着るぞ」

「はっ、ご武運を祈ります。しかし、二百五十キロ爆弾を搭載した上に、さらに一名分の重量増加でも離陸は大丈夫でありますか」

「大丈夫だ。今、滑走路の状態を調べてきたところだ。そうだ、タイヤの空気圧をあと一キロ多くしておいてくれ」

「わかりました。さっそく、加圧しておきます」

谷藤少尉がピストに戻ると、皆が心配して集まってきた。

「谷藤、どうしたんだ。飛べそうか」

「大丈夫、飛べるさ。タイヤの空気圧が少し低くてな」

「離陸するまで圧力があればいいんだもんな。今日は着陸の心配は不要だ。ハッハッハ」

皆も明るく応じた。

間もなく、出撃の時刻が迫ってきた。地上勤務者も続々とピストの前に集まってきている。やがて、今田少尉が壇上に立って出撃の挨拶を行なった。

「不肖、今田少尉以下十名、ただ今より出撃、醜敵ソ連の機甲部隊を撃滅し、誓って皇恩に報います。諸子の今までのご厚情に感謝いたします。では、行きます」

少尉は決然と言い放つと、敬礼した。彼は「行って来ます」とは言わなかった。「帰って来る」ことはないのだから……。

一方、谷藤少尉は、(「今田少尉以下十名」ではなくて、本当は「以下十一名」なんだがな……)と心の中で思っていた。

搭乗員は「バンザイ」の声に送られて、各々掩体壕に散ると、機付兵の手を借りて主翼によじ登り、天蓋を開けて操縦席におさまった。

間もなく爆音がして、各機とも暖機運転が始まり、地上勤務者は最後の別れを惜しんで、滑走路わきに一列に並んだ。


「待たせたな。暑かったろう」

谷藤は後ろを振り向いて訊ねた。

「掩体壕は日が当たらないので大丈夫です。でも、私、准尉さんに見つかってしまったの……。大丈夫かしら」

「それなら大丈夫だ。あいつは武士の情をわかってくれたよ」

「良かった。私、引きずり出されるかと心配していたの」

「そんなこと、心配いらんよ。それよりお前、覚悟はできているんだな」

「もちろんです」

「そうか。では、そろそろ行くぞ。離陸するまでは頭を低くしているんだぞ」

「はい、そうします。あなたと一緒に天国に行けるなんて幸せ」

「地獄かもしれんがな……。では出発する」

谷藤少尉は、徐々にスロットルレバーを押し込んでエンジンの回転を上げた。素早く計器を見渡す。異常なし。さらに回転数を上げると、機は動きだした。

列線には二ノ宮機を先頭に、今田機が続いて待機していた。谷藤機は糧秣車および給水車の銃撃が任務なので、九番位置につけた。しんがりは波多野機である。全機天蓋は開けている。

二ノ宮機から手が上がり、前に倒された。

出発である。

谷藤は両足でしっかりブレーキを踏み、油圧レバーを動かしてフラップを一杯に下げると、エンジンの回転数をフルブーストにした。二千馬力のエンジンは咆哮し、強烈な震動が体に伝わってくる。四枚プロペラの後流で水平尾翼が浮き上がって滑走路端が見えた。手早く首尾線を滑走路の中心に合致させると、レバーを戻してエンジンの回転数をアイドリング状態にし、天蓋を閉じた。あたりが急に静かになった。目は素早く計器類を一瞥した。

油圧および油温正常、吸気圧ヨシ、筒温ヨシ、燃料フル、充電プラス、回転数七百二十……。

「ブーン」

爆音が聞こえたので、目を上げると二ノ宮機が発進を始めた。居並ぶ地上勤務者たちは、今日は帽振れではなく全員が挙手の礼で二ノ宮機を送っている。

二ノ宮准尉も、操縦桿を左手に持ち替えて機上から挙手の礼を返しながら滑走路を驀進して行き、やがて空中にフワリと浮いた。今田機もそれに続く。

やがて、谷藤の番が来た。

スロットルを全開して滑走を始める。操縦桿を左手にして右手で見送りの人たちに挙手の礼を返す。顔、顔、顔が線になって後方に吹っ飛んでいく。挙手の手を降ろして右手で操縦桿をしっかり握り締め、前方を注視した。

時速百八十キロ、そろそろ浮くはずだが、主輪はまだ路面の凹凸を伝えている。タイヤの空気圧がいつもより高いのと、シート代わりの落下傘を妻に渡したためにショックが直接尻に伝わる。

スーッ、一瞬浮き上がったが、谷藤は操縦桿を心持ち前方に押しやって、主輪を接地させると、さらに機を加速させた。二百五十キロの爆装と妻の体重とで機の重量が増している。充分な速度が出ないうちに上げ舵を取ると、失速する恐れがあった。機は加速を続ける。滑走路端が前方に迫ってきた。チラと目の隅で速度計を捉える。……二百十キロ。

（ヨシッ）

谷藤は操縦桿を静かに手前に引いた。谷藤機はフワリと空中に浮いた。続いて脚上げボタンのスイッチを押す。左側の赤ランプが緑色に変わり、ほとんど同時に右側も緑色になった。主脚は無事に引き込まれ、風切り音が一段と静かになった。高度五百メートルに上昇したときにレバーを戻してフラップを引っ込める。速度がグーンと増した。

編隊は一列縦隊を組むと、飛行場を一周した。見送り人たちが豆粒のようだが、両手を挙げてバンザイをしているのが視認された。

バンクを振って別れを告げると、十機の四式戦闘機は一路西方を目指した。

「そろそろ外を見てもよいぞ」

谷藤は後ろを振り返った。膝立ちになり、谷藤の肩に手を置いて横の風防ガラスに顔を付けた恭子は歓声を上げげた。

「わー、きれい。遠くまで良く見えるのね」

「中腰だと疲れるから、座っていると良い。そして時々、外を見れば……」

「いいえ、私は大丈夫よ。あなたと一緒に空を飛べるなんて、これが最後なんですもの。ずっとこうしていたい。良いでしょう」

「俺はかまわんさ」

「戦場までどのくらいかかりますの」

「一時間とちょっとだろう」

妻との会話に心を奪われていた谷藤機は、重量が大きいためもあって遅れがちであった。発動機の不調かと心配した波多野機が加速して谷藤機に並んだ。

操縦席に白装束の恭子を見つけた波多野少尉は驚いた顔をして「エンジン、大丈夫か」と手先信号を送ってきた。

「大丈夫」と谷藤は歯を見せて笑いながら信号で応え、増速した。波多野少尉はすべてを了解したのだろう、頷《うなず》くと谷藤機の後ろに戻った。

二十章

昭和二十年八月十九日〔赤峰《チーフオン》附近上空〕

ロディオン・マリノフスキー元帥を総司令官とするソ連ザバイカル方面軍の大機甲部隊は、このとき赤峰附近の太平原で大休止をしていた。おそらく、総攻撃を間近に控えて後続部隊の到着を待っていたのであろう。

それは昨日、二ノ宮准尉の偵察位置から一歩も動いておらず、無数のカーキ色の軍用天幕が張ってあったことでも推察できた。

スターリングラードで対ドイツ攻防戦で勇名を馳せた将軍にも関東軍の実力は知れてお

り、日本軍の航空攻撃があるとは夢想もしていなかったに違いない。その気風は末端の兵まで伝染していて、昨夜はウォッカの飲みすぎで喧嘩をする兵や、宿酔で天幕の中で昼まで眠りこけている兵がたくさんいたのだ。

このことは十機の四式戦闘機の奇襲部隊に幸いした。

遠方に炊煙の上がるのを目にした二ノ宮機は、バンクを振って列機に合図を送り、全機エンジンをアイドリング状態にして爆音を消し、グライダーのように滑空しながら高度を下げて接敵していった。

高度三百メートル、敵陣の上空に到達。敵兵の顔が識別できる。エンジンをしぼって爆音を消して近づいたので、敵兵はまだ奇襲部隊に気が付かない。のんびりと炊事をしたり、天幕の傍で横たわったりしていた。

二ノ宮は素早く戦場を見渡して、高射機銃の準備がしてないのを確認すると、エンジンの回転を上げてバンクを振った。

攻撃開始である。

二ノ宮機と今田機は、高射機銃の鎮圧は不要と考えたので、何千帳もある天幕を十三ミリ機銃の点射で焼夷弾攻撃を始めた。

乾燥しきった天幕が次々と燃え上がる。やっと襲撃に気づいたソ連兵は、右往左往し始めた。天幕に急いで跳び込もうとした兵は、内部から火ダルマになって逃げ出してきた兵に突き飛ばされて尻もちをついた。火ダルマの兵は、何か叫びながら地面をごろごろ転げ回っていたが、やがて動かなくなった。

同時に油槽車が炎上を始め、黒煙と炎が高く立ち上り始めた。六機の四式戦闘機は作戦通り、次々と油槽車を炎上させ、遂に五十輌全部を炎上させた。

この頃になると、やっと事態を悟ったソ連兵は、手持ちのマンドリン自動小銃で撃ち上げ始めたが、超低空を高速で飛び回る四式戦闘機を捉えることはできない。たとえ命中したとしても、小銃弾は直径七ミリの孔をあけるだけなので飛行には差し支えない。

一機の四式戦がマンドリン小銃を撃ち上げているソ連兵の一群に向かって十三ミリ機銃の連射を浴びせると、ソ連兵は銃を投げ出して地面に伏せたが、軍服は燃え出した。

二ノ宮機と今田機の巧みな十三ミリ焼夷弾の点射で、敵の天幕はほとんど焼失した。十三ミリ機銃弾を全弾撃ち尽くした二機は、二十ミリ炸裂弾による戦車攻撃に移った。他の六機もそれに続く。戦車の蓋を開けようと戦車によじ登った兵も、二十ミリ炸裂弾の破片を胸に受けて戦車から転げ落ちた。二十ミリ炸裂弾をまともに受けた戦車の履帯は簡単に切れた。

谷藤機と波多野機は、糧秣輸送車のガソリンタンクやエンジンに十三ミリ焼夷弾を撃ち込んで次々と炎上させたが、給水車の水槽に十三ミリを撃ち込んでも炎上はしなかった。焼夷弾が多量の水で消火されてしまうらしい。反転してくると、もったいないとは思ったが、二十ミリの炸裂弾を水槽に点射で撃ち込むと、水槽が破裂して大量の飲料水が飛び散った。

ドッカーン！　轟音がして機があおられたので、谷藤が振り向くと、二ノ宮機が敵の弾薬送車に体当たりしたところだった。並んで停車していた弾薬輸送車も誘爆を起こして大音響を上げ、天高く爆煙を噴き上げる。

少し離れたところに停車してあった弾薬輸送車に今田機が突入した。またもや谷藤機がグラリと揺れた。

ちょうどその時、「プッッ」と谷藤機に小銃弾の当たる音がして、肩をしっかりつかんでいた恭子の手の力が抜けた。

「おいっ、どうした」

振り返った谷藤が見たのは、血を噴き出して落下傘の上に崩れ落ちていく恭子の姿だった。

「クッソー、やりやがったな」

憤怒の形相すさまじく下方を見た谷藤は、マンドリン銃で上方に射弾を送っているソ連兵の一群を認めた。

すっかり頭に血の上った谷藤は任務を忘れると、機を反転させて、その一群に向かって十三ミリと二十ミリ機銃を同時に連射した。ソ連兵は全員死んだ。だが、谷藤も全弾を撃ち尽くしてしまっていた。

仇を討った谷藤は、少し冷静さを取り戻した。残るは腹に抱いた二百五十キロ爆弾のみである。

（どうしたら一番効果的な体当たりができるだろう）

彼は弾薬輸送車の群れをチラリと見たが、全車が破壊され尽くしたらしく、黒煙が地表を覆って視認が困難だった。

彼はさきほど五キロ先で上昇反転したときに大型の天幕があって、トラックではなく多数のジープが周りに停まっているのを思い出した。

（そうだ、あれが司令部に違いない。あれに突っ込もう）

谷藤は再度反転して、もう一度後ろを振り向くと、「恭子一緒に突っ込もうな」と言って、大型天幕に向かうため静かに操縦桿を前に倒した。

終章

岩井一等兵の行方は杳《よう》として知れない。

八月十五日、終戦の日に生まれた満子《みつこ》は、母キミと共に産婆の紹介で小学校の校長をしている張《チャン》文華《ワンファ》・梨花《リーホワ》夫妻に引き取られた。張夫妻には子供がなかったので、キミも満子もとても可愛がられた。老夫婦にとって、キミは娘、満子は孫のような存在だったのだろう。

満子は唄うのが好きだったし、上手だった。キミは農家の出身で満蒙開拓団にいたぐらいだったから、畠仕事は得意だった。小学校長の給料は安かったし、高齢の張夫妻にとって農業は重荷だったのだ。キミの作った大豆やとうもろこしを町に出て売ると、張一家の家計はずっと楽になった。

畠仕事に精を出すキミの傍らで、満子はいつも歌を口ずさんでいた。小学校に入ってからも、初めのうちは日本鬼子《リーベンクオーツ》と言われてイジメにあったが、満子が歌を唄うと友達もだんだんとでき始めて、満子は学校でも歌のうまい児童だと評判になってきた。

満子が十八歳になったとき、長文華先生は満子を長春《チャンチユン》（旧・新京）にある音楽院に入学させてくれた。張先生はキミが稼いでくる現金の一部を満子の教育資金として貯《たくわ》えておいてくれたのだ。

満子は天にも昇る気持ちで母と張夫妻を残し、一人で佳木斯を後に長春に向かった。

夢と希望に満ちた長春での満子の生活は二年しか続かなかった。満子が二十歳になったときに、あの悪名高い文化大革命が始まったのである。

張先生は教育者だったから、インテリ追放の槍玉にされ、辺境の農地に下放されることになった。手紙でそのことを知った満子は、さっそく音楽院に退学届けを出して、佳木斯に戻って張一家と合流してから辺境に赴いた。

そこは奇しくも、かつてソ・満国境で今岡大隊が玉砕した場所であったが、だれも二十年も前の出来事など知る由もなかった。キミにしても岩井一等兵に助けられたことは忘れていた。いや、忘れようとしていただけだったかもしれないが……。

荒地の開墾は大変な作業だった。ブルドーザーやトラクターのような機械力が皆無だったので、根っこ掘りや土おこしも、すべて人力で行なうしかなかった。

老齢と慣れない力仕事と貧しい食事が原因だったのだろう。張先生は病床に臥すようになった。キミも満子も一生懸命に看病したが、紅衛兵が来て農作業に狩り出してしまう。作業に出なければ食糧の配給を止めると言うのだ。キミも満子も仕方なく農地に出て鍬を振るった。

ある日、農作業から帰ってきたキミと満子は、「埃牙《アイヤー》、埃牙《アイヤー》」と文華先生に抱きついて号泣している梨花小母さんを見つけて凝然とした。張文華先生は亡くなっていた。

キミも満子も、終戦以来二十年余りにわたって家族同様に暖かく養って頂いた張先生の死に涙にむせんだ。

翌朝、満子は紅衛兵の屯所に張先生の死去を報告に行ったが、「死んだ者は国家の役に立たない。農地の隅にでも勝手に埋めろ」と言われて、悄然と帰ってきた。

キミと満子は一日だけ農作業の休みを申請して、遺骸を毛布に包んで一輪車で丘陵に運び上げてから穴を掘った。そこからは開墾地が良く見渡せたが、掘り進んでいくと、スコップがカチリと硬い物にぶつかった。錆びた鉄兜だった。キミは一瞬、岩井一等兵が鉄兜で黄土を掘って村長さんを埋めたときのことを思い出したが、岩井の名前は忘れてしまっていた。

それから三ヶ月後、すっかり気落ちした梨花小母さんもこの世を去った。


昭和五十三年になって、やっと日中平和友好条約が結ばれた。キミは五十三歳、満子は三十二歳になっていた。あの暑かった昭和二十年八月十五日から、何と三十三年の苦難の歳月が経ってしまったのである。

ある夜、キミは肌身離さず持っていた大日本帝国の旅券を満子に見せた。表紙は磨り切れていたが、頁をめくると汗が滲《にじ》んで薄茶色に変色した紙に「村井キミ」と墨書があり、キミの若い頃の写真が貼ってあった。

二人は相談して、日本に帰ることを決心した。それから三年後、二人は長春に出て満子の旅券を日本領事館で発行してもらい、昭和五十六年三月に日本に引き揚げてきた。

残留孤児とは違い、母親がいるので一般人として扱われ、厚生省（当時）の援助は受けられなかった。

母国に帰り着いても、苦難は二人に付いて回った。しばらくの間は生活保護を受けながら、江東区の安アパートに暮らしていたが、昔気質のキミは生活保護を受けることを潔《いさぎよ》しとしなかった。

キミはある病院の夜間掃除婦として働き、満子も中華料理店の皿洗いを始めて生活保護を断わった。

さらに五年が過ぎた。日本語も話せるようになった満子は、音楽への情熱に再び突き動かされて、東京音楽大学の声楽科に入学した。成績が優秀だった彼女は、奨学金を獲得して無事に音楽大学を卒業した。キミはそれから間もなく、若いときの無理がたたったのだろう、六十六歳の生涯を閉じた。

満子は悲嘆に暮れたが、いつまでもそうしてはいられなかった。四十五歳ともなると、声楽家としてはかなりのハンディキャップとなる。どうしても高音が出しにくくなるからだ。

彼女は精力的に日本全国を回って、各地でリサイタルを行なった。そして、その売り上げの一部で、毎年中国から五人の音楽留学生を日本に私費で呼び寄せて日中友好の実を上げている。

昭和二十年八月十九日に、赤峰附近でソ連軍の大機甲部隊に体当たり攻撃をかけて大損害を与えた十勇士の位牌は、後に東京都世田谷区下馬四丁目九番四号の世田谷観音寺[註46]（特攻平和観音）に安置された。

平成十六年一月二日、初詣で客で賑わう世田谷観音寺に一人の白髪の老人が杖を曳いて入ってきた。彼は石碑の前に立つと、杖を地面に横たえて碑の文面に目を凝らしていたが、やがて曲がった腰を伸ばして直立不動の姿勢をとると、さっと右手を挙げて石碑に挙手の礼をした。並み居る参拝客が驚いて老人を見ているのもかまわず、彼は身じろぎもせず敬礼を続けていた。

しばらくして「直れ」の姿勢に戻ると、老人は腰を屈めて杖を拾い、もと来た道をとぼとぼと歩み去っていった。

その石碑には、次のように記されていた。

神州不滅特攻隊之碑

第二次世界大戦も昭和二十年八月十五日祖国日本の敗戦と言う結果終末を遂げたのであるが終戦后の八月十九日午後二時当時満州派遣第一六六七五部隊に所属した今田少尉以下十名の青年将校が国破れて山河なし生きてかひなき生命なら死して護国の鬼たらむと大切な武器である飛行機をソ連軍に引き渡すのを潔しとせず谷藤少尉の如きは結婚間もない新妻を後に乗せて前日二ノ宮准尉の偵察した赤峰附近に進駐して来るソ連戦車群に向けて大虎山飛行場を発進前記戦車群に体当たり全員自爆を遂げたものでその自己犠牲の精神こそ崇高にして永遠なるものなり

此処に此の壮挙を顕彰する為記念碑を建立し英霊の御霊よ永久に安かれと祈るものなり

陸軍中尉　今田達夫　広島
馬場伊与次　山形
岩佐輝夫　北海道
大倉巌夫　北海道
谷藤徹夫　青森
北島孝次　東京
宮川進二　東京
日野敏一　兵庫

波多野五男　広島
少尉　二ノ宮清　静岡
昭和四十二年五月
神州不滅特別攻撃隊顕彰会　建之

註46　世田谷観音寺＝江戸三十三観音第三十二番札所（特攻平和観音）
所在地　東京都世田谷区下馬四丁目九番四号
電話　03・3410・8811
メール　http://www.setagayakannon.com
なお、石碑の位牌は戦死後に一階級進級したものである。

［参考文献］「満州国の最後」太平洋戦争研究会編／「帝国陸軍の最後」伊藤正徳著／「日本兵器総集」「丸」編集部編／「日本の名機」木村秀政・田中祥一著／「最新世界地図」山下脩二・他編

散《さん》華《げ》

二〇〇五年一〇月二九日　第一刷

著　者　土《ひじ》方《かた》輝《てる》彦《ひこ》

発行人　浜　正史

発行所　元《げん》就《しゅう》出版社

〒171-0022　東京都豊島区南池袋四—二〇—九
サンロードビル2F・B
電話　〇三—三九八六—七七三六
FAX〇三—三九八七—二五八〇
振替〇〇一二〇—三—三一〇七八

装幀　純谷祥一　印刷　中央精版印刷

ISBN4-86106-034-6　C0095